麦田 阳光

美丽乡村助读书系

乡村助读，让中国的乡村
从风景到精神愈加美丽。

麦田阳光

美丽乡村助读书系

乡村助读，让中国的乡村从风景到精神愈加美丽。

汝来看花

RU LAI KANHUA

高洪波 顾问 陈彦玲 主编

指尖 著

山西出版传媒集团 山西教育出版社

图书在版编目（CIP）数据

汝来看花 / 指尖著. — 太原 ：山西教育出版社，2023.8

ISBN 978-7-5703-3548-0

Ⅰ. ①汝… Ⅱ. ①指… Ⅲ. ①散文集—中国—当代 Ⅳ. ①I267

中国国家版本馆 CIP 数据核字（2023）第 157818 号

汝来看花

RU LAI KANHUA

选题策划　李梦燕
责任编辑　周　宇
复　　审　陈旭伟
终　　审　李梦燕
装帧设计　王春声　薛　菲
印装监制　蔡　洁

出版发行　山西出版传媒集团 · 山西教育出版社
（太原市水西门街馒头巷 7 号　电话：0351-4729801　邮编：030002）
印　　装　山西基因包装印刷科技股份有限公司

开　　本　890 mm×1240 mm　1/32
印　　张　5.5
字　　数　84 千字
版　　次　2023 年 8 月第 1 版　2023 年 8 月山西第 1 次印刷
书　　号　ISBN　978-7-5703-3548-0
定　　价　32.00 元

根植乡野，眺望远方（代序）

李东华

把“美丽乡村助读书系”做成精品，为新时代新乡村新少年的成长助力，这个美好心愿，把出版者、策划人、作家、编辑聚集在一起，大家郑重其事地播下种子，然后怀着庄重而又快乐的心情，等待所有努力慢慢发芽。

我曾经有幸数次参加“我的书屋我的梦”乡村少年儿童阅读实践活动征文的评审工作，印象最深的就是2019年。面对从海量征文中初选出的近千篇作品，我油然而生一种“一夜好风吹，新花一万枝”的惊艳感。按照评委会要求，终评委们需要优中选优，再从中挑出几十篇最终获奖文章，这可让我犯了选择困难症，因为每一篇都像枝头迎着东风初绽的花朵，各有各的姿态，各有各的鲜妍，共同构成了蓬勃的春天，哪一朵都可爱得叫人不忍心舍弃。

但我想，我的这种“纠结”是一种喜滋滋的纠结——让人一下子就能感觉到，无论大江南北，全国各地乡村的孩子们，并不是仅仅某一地区为水土适宜而长势良好，而是齐刷刷地在拔节成长。这算是从空间这个维度的横向比较。再沿着时间轴纵向来看，我们可以清晰地感受到这几年的征文质量一年比一年高。从这些或长或短的文章中可以看出，孩子们的阅读内容越来越丰富了，小说、童话、诗歌，科幻、军事、历史、天文、地理……不同体裁不同领域，不论古今中外，凡属人类留下的智慧结晶，都在他们尚属稚嫩却又充满好奇的目光之内，都留下了他们求知和探索的小小脚印。

我想，也正是因为阅读的广博，让他们不管是生长于哪片偏僻的乡野，都能够从浩瀚的书海中汲取无穷无尽的滋养，获得世界性的视野。你能够从字里行间捕捉到一种“初生牛犊不怕虎”的淋漓元气，一种与周围世界、与他人、与自我对话时落落大方的自信表情，一种对祖国、对人类、对万事万物的真挚的爱。而这一切的呈现，又依赖于他们对于语言文字的日渐流畅的、自如的运用。

俗话说“熟读唐诗三百首，不会写诗也会吟”，阅读对于一个人写作能力的提升，是这些征文给予我的第一个鲜明印象。

那些已初步呈现出汉语言之美的遣词造句，那些灵动的、智慧的表达，那些对于生活细节的敏锐、精准的描摹，那些既充满孩子气又闪耀着思想光芒的惊人之语，都无不让人生发“后生可畏”的赞叹。

所以说，尽管摆在眼前的是一篇篇无言的征文，却分明让人看到了征文背后所站立的那一个个活泼的、天真烂漫的孩子，看到了新时代乡村少年儿童因阅读的积累而敢于讲述的不一样的“中国故事”。

对于孩子和国家、民族的关系，已经有很多精辟的认识和论述，“孩子是祖国的花朵”“孩子是民族的未来”“少年强则中国强”。然而，如果希望孩子们能撑起国家的明天，他们首先要撑起自己的明天，而阅读则是他们撬动未来命运的支点。“忠厚传家久，诗书继世长”，这是在中国乡间最常见的对联，一代又一代的人将它贴在大门上，可见在我们民族的潜意识中，书籍和人品是支撑一个国、一个家千秋万代延续下去的两根最坚实的立柱。将这样的对联贴在家门上，贴在最显眼的地方，就是在每时每刻提醒每一个人。我想这是一个有着五千年璀璨文明的民族最具智慧的共识。而要把这一共识真正落到实处，最需要着力的地方就是乡村了。

相比于有父母督促而阅读环境更优越的城市孩子来说，乡村孩子的阅读可能更需要政府、社会的引领，尤其是父母不在身边的留守儿童，阅读既是他们获取知识的有效途径，更是滋养他们心灵的精神引领。

我常常想，一个人需要有自己的书柜，一个家庭需要有自己的书房，一个城市需要有自己的公共图书馆，那么一个乡村，当然更需要有自己的书屋。

阅读“‘阳光麦田’美丽乡村助读书系”这套小书，对孩子们来说，能够得到的是思想和精神上潜移默化的熏陶和滋养。而持续地写作、出版一些适合乡村孩子阅读的好书，让这些书在助力乡村少年儿童阅读方面发挥作用，无疑是功在当代、利在千秋的事业——我们不妨来个小小的假设，全国有六十多万个乡村，假设每个乡村书屋中的书籍，都能够像投入湖心的石子，哪怕只在十个孩子的心中荡起涟漪，全国也会有六百多万个乡村孩子从阅读中受益。

美丽乡村既要实现生态意义上的“绿水青山”，也要构建精神层面的“绿水青山”，从这个意义上讲，用优质图书和阅读协助、帮助、辅助乡村阅读，繁荣乡村文化，是建设美丽乡村的有效路径。

面对这些适合乡村少年儿童阅读的文字，我似乎可以看到，未来的他们，因今天的阅读引领而描绘出自己的梦和憧憬。

这些梦，将根植于他们生活的山乡旷野，更将呼应着远方的星辰大海。

目录

梅花：开往春天的花朵

题记

那梅，仿若画里探出来的精魂，带着一点俏丽，又带着一点清冷。

听说南京有座梅花山，早春，山上的梅花浩浩荡荡盛开，吸引着天南海北的游人；苏州有邓尉山，历来也是赏梅好去处；无锡更有梅园，梅花与园林互为烘托，你分不清梅在石上住，还是石在梅边生。禅宗里有“花未全开月半圆”之句，这里的“花”，说的就是梅花。诗歌辞赋中常见描写梅花的句子，书画影廊里更常见到梅花的影子。到我这里，梅花就是我妈贴在炕头的岁寒三友图。

年少时喜欢胡乱翻书，不拘什么，拿起来就沉迷其中。在邻家看到一篇文章，文章里的女孩，一出生母亲就过世，且家里一贫如洗，故起名小梅，即从小就什么也没有的意思。恰巧我远房姑姑名唤梅花，又觉得这小梅和梅花无论如何也不搭，小心思里想：梅花听着像花开了，小梅却相反。后来端详梅花姑姑，圆盘大脸，红润娇媚，又是待嫁的闺女，穿戴也好，走到街上，处处风景，倒安慰了见不着枝头梅花的缺陷。

五道庙，月亮大爷讲古话，说人间原本无花，天帝便派众花神下界，养花万朵才算修成正果，那时方准许返回天庭。某神贪杯，大醉许久，醒来但见山河封冻，大雪飘飞，错过生根长叶的好时机，更莫说开花万朵了。只好绞尽脑汁，使出浑身法术，好歹开出千朵花，又小又疏，诸神便嘲笑他倒霉，称他的花是“霉花”。久而久之，就成了梅花。恍悟少时读过的文章中，人物名字也是有来历、有依据的。

读《红楼梦》，宝钗那枚冷香丸叫人好奇，跟“一两星星二两月，三两清风四两云”有一拼，都像是子虚乌有的东西，所以是“海上仙方儿”。冷香丸放入器皿埋于花树根下存放，发病时用黄柏煎汤送下即可。我一直纠结，这埋药的花树最可能是什么树？一般人咳嗽，约是冬天里的事，普通的树，到冬天枝叶变化，无花可开，只有梅树，会在雪里、风里，冷寂里、严寒里含苞待放。那冷香丸，或也有守着个梅根相见的情愿？第五十回有乞梅一节。芦雪庵争联即景诗，宝玉落第，大嫂嫂李纨罚他去妙玉的栊翠庵折一枝梅花来。宝玉冒雪折回来，想出“不求大士瓶中露，为乞嫦娥槛外梅”的诗句。忆起第四十一回，妙玉煮茶的水，用的都是梅花上的雪，可见她的梅花有多少。

初次见梅花，是在济南。新年刚过，逛完萧瑟的趵突泉，又从李清照纪念馆出来，迎面便遇一株梅树，一时忘形，喜得一脸贪痴。好在，在一株梅前，也不会被笑话。那梅，仿若画里探出来的精魂，带着一点俏丽，又带着一点清冷。如此醒目的红焰，落满早春的南山，斑斑点点，骇胆惊心，视之，那得有多么深刻的领悟和惊醒啊。

桃花：愿有岁月可回首

题记

帘外桃花帘内人，人与桃花隔不远。

我倒不觉桃花简静。简静的，大约是看花人的心。《诗经》里有“桃之夭夭，灼灼其华”，跟静一点也不沾边，倒是有些闹腾。世间万物，自己的努力，自己的愿望，自己的窃喜，自己的遗恨，自己的疮痂，只有自己最清楚。想来当日诗人看的也不是花静，而是人至中年、生活浮沉局促、不得不枉然回望时，遥远而美好的记忆。回忆中人与事显得美好，这美好便是富足充沛且不复重来的简静啊。

小时跟别家合住一院，院子整体呈长条形状，中间几级台阶，将院子规整地分割开来。上院栽了花草，下院平整宽大。不知何年，台阶处的大石被人撬去，我家这边用土夯平，他家那边还维持原样，一下雨，就形成一些小水坑，惹得小孩在里面玩得欢畅。我家上下院各种两棵梨树，他家西南角靠近街门旁有一株粗壮的桃树。那家人，院子也懒得打扫，家里的垃圾通通聚在树下，年久日深，桃树周围堆了小山一样的垃圾。春天，桃花就在厚厚的垃圾堆顶浮出来，云彩一样。每每从外面回来，桃花晃眼，心生惋惜，觉得它生错了地方。有意思的是，到了秋天，它却是村里结果最稠密的树。有人揶揄，说垃圾是攒肥的良田沃土，所以才有硕果累累。那桃据说极甜，因我祖母跟他家主妇不和，我们两家小孩也效仿大人，出来进去不说话，仿佛天生的仇人，所以，那些桃果无论怎么好，都是与我无关的。

谚语有“桃三杏四梨五月”，桃花在春天最先开，即使粉艳艳开在垃圾上。他家小孩出门，黑脸扬得老高，仿佛脸上也有一片桃花林。到了五月梨花开，比起桃花，梨花是“清”的，带着一些我的年纪难以理解的寡气，但即便如此，我也会扬脸得意，似让人家生恨。

一夜雨后，天气一日比一日暖，桃花便纷纷掉落。那些掉下来的桃花，很快就朽了、黑了，跟灰渣、烂布条们一起，变成了垃圾。村里唱戏，戏里黛玉挑担拿锄葬落花，葬的就是桃花。帘外桃花帘内人，人与桃花隔不远。她为桃花落泪操心，惹人心酸。

我年轻时在外地工作过一段时间，那年灰塌塌归来，满喉满腔的失意和悲怆。春天的风，挟裹着沙子和秸秆在车外飞舞，行道树的树枝摇摆着扫过车顶，一只野兔飞也似的窜过碾压而来的车轮，心惊吓人，一切都让人灰心绝望。车在公路上跌跌撞撞地跑，一转弯，入了山。风似乎小了很多，透过车窗远眺，天蓝云白，迎面都是零零星星刚刚绽开的桃花，有些枝条又低又矮，横伸过来，就那样擦着车窗，扑啦啦响，却不见花落，特意留心，才发觉桃枝上全是花苞，心里暗叹花苞的强壮。车下坡，山路两边的桃便开得好了，笑吟吟的，俨然满世界的风沙和冷寂都与它无关。

多年后读那些关于桃花和青春的文字，思及自身，觉得桃花真像人的青春，那是一团无法驱走的火，不开时，含羞、婉约而清嘉，开了，就像火焰，不只要伤及旁人，连自己都不管不顾，最终人己俱焚，两败俱伤。被青春烧灼过的人，有些伤痕累累，硬撑着活下来，冷寂而孤独；另一些随波逐流，甘心遁土入尘，平凡而敷衍。这样想来，原来我们都是做过桃花的，无论你爱或不爱，无论是简静还是浮艳。

崔护的“去年今日此门中，人面桃花相映红”流传甚广，知者甚众。白居易写桃花，却是“寒地生材遗校易，贫家养女嫁常迟”之句。这桃花，是山野小村，开在村庄窝铺、深山老林，悠然一枝，见不得急风大浪，只适合小打小闹。去过一个叫红颜寺的小店，破门破户，十里无人，却有一株桃树艳灿灿开花。庵、寺、庙这些远离繁华地的处所，桃花常盛。在安静的地方生，在简陋的地方长，或许它的简静，有环境的限制，也有不得不为的无奈。

小侄女最喜桃花色，玩具、布娃娃、头饰、衣裙，连一块手表都要桃花色。想起我幼时，也是最喜欢一件桃花衣，直穿到补丁累累。桃花，春风，少年，青涩与张扬，傻气和意气，如此登对。时至今日，大约每个人都曾爱过或依旧爱着桃花和它的颜色吧，只是再也没有力气和勇气说出来，只在深夜于灯下寂寞地冥想年少时的落花，黯然销魂。还是网上流传的那首诗爽快大方，言笑晏晏间，说穿世人心：

十里春风不如你，三里桃花不及卿，愿有岁月可回首，且以情深共白头。

梨花：黄昏对梨花

题记

梨花是有香气的花，若凑过去深嗅，淡淡的泥土夹着隐约一点香，仿佛从很深很深的地方氤氲出来的清雅。

有些树很奇怪，总是先开花后长叶，比如梨树。

夜里，吊在檐下的空篮子，带着几分懊恼随风撞击窗台，跟风声、河里冰块的碰撞声混搅一处，乱糟糟入梦。明天出门，脚下旋着细细的风，一片隔年的枯叶在跳动，猛抬头，你就怔住了——低矮歪斜的土墙里，探出一枝白皑皑云霞般的梨花，它们在料峭春寒中，瑟瑟抖动。刚刚过去的那个漫长冬天，山河沉陷，万物低迷，连日光都懒洋洋的，仿佛被某物压制着抬不起头。而现在，当时节走到春天，日光突然变得清冽透亮，携带几分暖意和喜气。梨花，俨然日光在嘴角上扬的当儿，不小心露出的白牙，点缀在枯瑟的天地之间，让破旧的土窑瞬间鲜活起来。

春天隆重登场了。

盛开的梨花，像被焊在黑色树干上，任春风撕扯扑打，都不会掉一瓣下来。小孩子心急，面对这一树花朵，不知如何接近，又不能上树去摘，唯一能做的就是匆匆跑到梨树下，幻想能看到一地落花。总是要等好几日，风驻了，河边的柳树隐约有了绿意，山上小野花努出花苞，湿淋淋的细雨落下，梨花才一瓣一瓣矜持地飘下来。人站在树下，分不清是雨还是花瓣。

感觉梨花是一种有心事或者说满含委屈的花，在风里强忍着悲伤，在雨里才会哭出声来。

《红楼梦》里黛玉居住的潇湘馆，是大观园中少见的盛开梨花的地方。据说在古代，大户人家喜欢把梨花种在不显眼的地方，因梨花是白的，且“梨”“离”谐音，故被视为不吉。所以潇湘馆的那株梨树，种在后院，跟芭蕉同一处。这种有意无意的安排，是作者的处心积虑吧，映衬和暗示了黛玉的悲伤命运。雨打梨花，雨打芭蕉，这都是跟泪水有关的意象。后人写女孩子哭泣，也喜用“梨花带雨”来形容。梨花，是从严寒和黑夜里开出的花朵，它的傲气、清气、净气，是与生自来的，不可效仿，也不可复制。这世上，怎样的花都可形容女孩的美，而只有梨花，是女孩的泪，是白纸般的心思，若朱砂描出一个硕大的“愁”字。

那首《一剪梅》，唐伯虎写的：

雨打梨花深闭门，忘了青春，误了青春。　　赏心乐事共谁论？花下销魂，月下销魂。　　愁聚眉峰尽日颦，千点啼痕，万点啼痕。晓看天色暮看云，行也思君，坐也思君。

这个传说中带有几分喜剧色彩的江南才俊，其实是多么深情婉约的男子啊。年纪轻时的相思，像梨花纷纷，自混沌的思维之中破壳而出，蓦然间发现，还有另一番天地，要自己看见、听见，走进去体验。

清人李渔说，自己迁来徙去，种植过的花果竹木不少。梨花易得，自己却无法拥有一棵，这与杜甫不曾歌咏过海棠一样，是一件十分可惜的事。可是，李渔生性喜欢梨花，甚于爱吃梨子。梨子品种不少，但好吃的不多，梨花耐看，没有一种不是如此。“雪为天上之雪，此是人间之雪；雪之所少者香，此能兼擅其美。唐人（实为宋人）诗云：‘梅虽逊雪三分白，雪却输梅一段香。’此言天上之雪。料其输赢不决，请以人间之雪，为天上解围。”这样的诠释读来新鲜而令人开心。

梅葆玖先生的绝唱《梨花颂》，每每听来，眼前总是梨花纷纷，雪色满铺天地。“梨花开，春带雨，梨花落，春入泥。”雪样白色，团团簇簇，表面清傲，其实蕊心里却暗藏温情厚意。

前几年，山上冒出许多野梨树，野梨花比家梨花开得早，春风一吹，便如一列列燃烧的火炬，站在山顶，贴着山腰，仿佛在唤醒沉睡的群山。民间有“野梨树开花——不香”的谚语，多有揶揄和挖苦别人的意思。植物名称一旦加了“野”字，就多了一股傻气。估计野梨树由于地理位置的关系，经风受雨的，那点香气早就褪尽了。

但梨花是有香气的花，若凑过去深嗅，淡淡的泥土气息夹着隐约一点香，仿佛从很深很深的地方氤氲出来的清雅。白居易诗旦有“红袖织绫夸柿叶，青旗沽酒趁梨花”之句。前日听说在杭州有梨花酒卖，其制作极其简单，只须将新鲜的梨花泡到高度白酒里，密封避光保存，三月后，便可吃上。那酒定是晶莹剔透，香气扑鼻的，不然，古人为何要用翡翠杯来饮？

大人曾说，我家院里那株梨树跟我同龄。对于小孩来说，这种强制输入是无效的。我心安理得享受梨树下度过的每一日时光，后来，竟对满树梨花开谢不屑一顾，直接忽略。直到许多年过去了，人到中年。有天黄昏，路过一个村庄，被一家院墙上探出的梨枝吸引，方才想起，眼前这白巍巍的梨花，黑漆漆的枝干，以及低矮的土墙，破旧的窑洞，黑色的窗棂，都是我曾经拥有过的。一时恍惚，人渐渐缩回去，缩到温河边上那个村庄小巷里，四野安寂，梨花飘落，纷纷如雨。

杏花：孤村斜日杏花寒

题记

杏树易活，并不需要精心照料。

杏花的颜色似粉不粉，说白不白，开花的时间又在桃花和梨花之间，常被人忽略。其实，所谓的“杏花天”，才是真正的春天。西太行的杏花开在四月，这段时间，暖风徐徐，春草吐绿，虽早晚料峭，但空气中饱含湿润清幽之气，让人有想笑的欲望。

午后村庄，安静极了。村口破败的房子，房顶坍塌，门窗陷落，院子里荒草齐膝，掀开大石片，下面露出干枯的水井。单单院角有一株开满花的杏树，孤单冷清，却又不屈不挠地开着。院墙经过风吹雨淋，早已残破不堪，一半全塌了，另一半塌了半边，杏枝从半边墙伸出来，浅浅的，瑟瑟的，小心的，好奇又害怕。哪有半点红杏出墙的俏丽啊。我想，红杏所出之墙，必得是高墙，上面还要铺上琉璃瓦。断墙残垣下出墙的杏花，倒像被囚禁的人，急切盼望着村路上会出现一些惊喜，诸如人影兽迹之类，倘若能看到原主人，我猜杏花也会落泪。

杏树易活，并不需要精心照料。我小时候就曾将杏核埋到地垦，每天浇水，蹲着等待，不几日杏树就会发芽。小孩的好奇心总是很快消失，加上家里的鸡们喜欢去啄那些新绿，后来杏树到底也没活下来。

有一次朋友带我去了杏园，说是园，其实就是山。在半山腰平整出几亩条状地，再将树苗栽下。正是春天，杏树的苞蕾刚刚绽开，满山白洼洼的。“春日游，杏花吹满头。”真是美妙。过河上山，才发觉山上好冷，树上的花，都在颤抖，衬得黑色山体愈发深浓，神情凝重，仿佛刚被火熏过，缓转头来，用眼前的花定定神，才有走下去的勇气。枝上扑簌簌的白色花瓣，风中转眼就被吹落，只剩蕊心一点黄，颤巍巍抖着。突然觉得杏花是即便伤、即便死都要葆有尊严的花，像流水虽已枯竭，干扑扑的河床，依旧保留湿润的、活着的气息。

“此境此身谁更爱，掀天羯鼓满长安”里的羯鼓跟杏花有个典故，当然离不开唐玄宗这个音乐奇才。有一年早春，夜雨初晴，柳芽初绿，唐玄宗看到杏树上的花苞，长叹一声，如此春色，如此美景，怎么能不令人喜悦呢。高力士便将唐玄宗喜欢的羯鼓拿将上来。面对春色无边、春光绚烂，唐玄宗灵光乍现，凝神击鼓，谱就一曲《春光好》。一曲已罢，见杏花绽放，朵朵争艳，瓣瓣欲语，仿佛在感谢唐玄宗的懂得。

看来，人与万物心有灵犀是由来已久的。所以，我们从小被大人教导，要懂得世间万物平等的道理，要懂得爱惜，不论吃穿用度，还是树木花草、飞禽野兽。万物有灵，它们会感知你的好与坏、厚与薄。

前年去洛阳看朋友，她家的杏树高大茂密，硕果累累。我去的那天，她蹬着梯子摘杏，她说，杏子熟透了，摘下来就得吃掉，不然会腐烂。那杏，金黄甜软，入口难忘。某种语境中，杏花被人赋予某种轻浮的意义，该是误读了它吧。杏花不该是美人，它是美人头上的一只银钗，或钗上的一片蝶翅，在月下，随着美人心思，轻轻颤动。

倘若有穿越时空的可能，最想到“深巷明朝卖杏花”的宋代去看看，在那里，我应该会被春雨叮叮咚咚敲醒，朦胧中“杏花，杏花”的吆喝声让人神清气爽。隔着竹帘，从白巍巍的杏花担子里挑一枝，或佩在襟前，或泡酒冲茶，或做香薰头油，享受杏花的种种好处。而不是像如今这般，驱车几十公里，去一个沉寂无人的村庄，与一树孤单委屈、欲语难言的杏花，隔墙相望。

水仙：一万朵金盏

题记

日历翻到春天，而日子依旧蜗缩在深冬，水仙花，就像某种愿念，它的生长和绽开，像是要驱散日子里的寒意，而将春暖洒遍今朝。我想，几十年前，我的外婆恐怕也跟我怀着同样期待和盼望的心情吧。

西太行乡下妇人喜花成痴。春日，第一朵野花在山风中绽放，就会被摘下插在鬓边。那时河水刚刚解冻，妇人蹲在细水边垂影自怜，全然不怕别人笑话。村里每家院子无论大小新旧，都是满院子的花，瓶瓶罐罐，连一片残瓦都会被利用，薄薄的土里，开出小小的花来。这些花，有从别处讨来的，有从山上挖来的，好养，也不是多么金贵，从春到秋，此花开罢彼花开，就那样热热闹闹过一年。到了冬天，一场大雪后，院子里的瓶瓶罐罐中就只剩下一根或数根光秃秃的直杆了，风一吹，它们撑着一口气，但到底拗不过天意，渐渐就变得矮了，软了，小了，没了。看着满院子的枯寂，妇人们天生对美的向往又让她们生出别的想法，于是，花盆里，有人将一头或数头大蒜种了下去。每日浇灌培育，三九四九一过，大蒜苗长了一大截，阳光下，金黄翠绿，妖娆极了。

春节一过，我照例被母亲送到外婆家住一段时日，有时三五天，有时半个月，常常过了元宵节，看了社火，她才会接我回家。外婆家有三间房，隔出两间舅舅住，她自己住在小间，小间很小，进门走两步人就得上炕。大部分时间，我就在炕上蹦跶，或者坐在被子上，透过墙上的小窗户向外看。外婆唯一的家具是一个大红柜子，掀开来，有一股好闻的樟脑丸味道。到正月，她的红柜子上会放一盆花。我一直以为是大蒜苗，长得丛丛玉立，婀娜多姿，因为屋子里没阳光，又觉外婆的大蒜苗比别人家的“墨”，颜色暗，也瘦。有一天，我在炕上无聊地跳来跳去，手里拿着一块小手绢乱扔，不留神就扔在了外婆的花上，探身去取时，才发觉外婆的大蒜苗跟别人不同，竟是用水养着的。

外婆从外面厨房端饭回来，照例是油茶煮糕。这是一种奇怪的饭食，隔着八里地的我们村其他人，同样也喝油茶，也吃糕，但从不这样吃。我祖母总是撇着嘴说，城沿上的人，小气，瞎讲究。许多年之后我才知道，这样吃，不过是外婆节俭的习惯，为了省下几两油。我慢吞吞吃了里面的糕，就再不肯吃了，外婆便将剩下的油茶喝掉。我方想起问外婆，人家大蒜苗都是用土栽的，怎么外婆要用水？外婆刚把油茶喝完，笑着说，傻孩子，这不是大蒜苗。那是什么？我好奇地问，外婆突然脸带赧色，口气迟疑，低声说，水仙。

我便前仰后合笑起来了。

她随手拿起炕上的笤帚，佯装要来打我。我边在炕上左躲右闪，边说，外婆，你怎么要种了你自己，笑死我了，你不是编了个花名吧？哈哈。

大名李水仙的外婆，红着脸教训我说，你这孩子没大没小的，不准呼喊长辈的名字！

我又没喊你，我是喊这盆花呢。我说笑着，跪在炕上，对着那盆花，大声叫，水仙，水仙。

这是我第一次认识水仙花。

有一回，舅舅坐在炕沿边上，在红柜子上练大字，报纸上密密麻麻写得满满的，小屋子里便有一股幽幽的香味，我一直以为是墨香。直到舅舅在写字的当儿，放下毛笔，忍不住凑到那盆水仙花前，深深吸了一口气，说，好香啊。我才发觉那香，是水仙的香。

长大后，我是个不喜欢养花的妇人。有时也看花，觉得好看，但绝不会恋恋不舍夸大其词地去表达对某朵花的喜爱，总觉得养花是乡下妇人们的事。我最努力的一件事，就是挣脱乡村的束缚，云靠近所谓高雅的东西，关心歌舞剧、交响乐、电影、时尚和诗歌，幻想通过别人之口，来证明自己不是乡下人。

极具讽刺意味的是，外子竟是个对养花尤为热心的人。这样一来，家里的花便渐渐多起来。我是那种可以对所有人与事视而不见的人。有时家里来人，问我花的品种，多半也答不上来，却全无窘态。就这样看着他信心满满地将花栽下，浇水，施肥，为了受光均匀，隔几天就将花盆调个位置，某一天，再悻悻然将死掉的花枝扔到垃圾桶。即便这样，他对养花的兴致一点都不减，一到花市，就迈不动腿了。前年腊月，外子带回两个水仙花球。小时候外婆养水仙的事一下就涌出来，当笑话讲给他听，想到过世的外婆，又唏嘘半日。他将家里的水仙花盆拿出来，又将花球绑好，水放进去。这一次，我竟然加入了期待花开的行列。每天早上看，晚上看，看它一点点长出鳞茎，又盼望它早点开花。日历翻到春天，而日子依旧蜗缩在深冬，水仙花，就像某种愿念，它的生长和绽开，像是要驱散日子里的寒意，而将春暖洒遍今朝。我想，几十年前，我的外婆恐怕也跟我怀着同样期待和盼望的心情吧。那时，孤单的她，在那间小小的暗淡的屋子里，忧伤和孤独紧紧缠绕着她，她生命中，唯一的亮光，大约只有一盆名叫水仙的花能给予的了。水仙一开，一朵也罢，数朵也罢，每一朵都是她曾经美好的重现，而贫穷和困苦，也会随着花开，一扫而光。

夹竹桃：何处不相逢

题 记

团团簇簇，朵朵都涌溢着满满笑意。

印象里，似乎只有夹竹桃是由两种植物命名的花。山庄窝铺、远山寺庙，也有稀奇的植物，如藏山的榆抱槐、红涧沟的榆抱槐，忘了哪个村庄还有一株松抱柏，这些树因其稀奇怪异，让人视为神迹。都说造化弄人，其实造化也弄万物。这些偶成的树，肯定经历了一些极其艰难的缘起，只是人愚笨，不知道罢了。

我吃过苹果梨，一种外形像梨，但吃起来像苹果的水果。

我想夹竹桃跟苹果梨有异曲同工之处，它拥有竹子似的叶和桃树似的花。

北方无竹，成日里亲见风吹杨柳哗啦啦，脑海里根深蒂固的植物也是杨柳，所以我们村人把夹竹桃叫柳叶桃。柳叶桃是寻常花树，每家都有，有直接种到院子里的，也有栽在残漏小瓮里的。春天郁郁葱葱，初夏便此起彼伏地开花。到了冬天，人们拿麻绳将它的枝干绑住，以保暖熬冬。我家的柳叶桃似乎比别人家的待遇要好些，祖母把它搬回屋子里来，使它免受严冬大雪的欺凌。因为在屋子里，柳叶桃的叶子还保持着暗沉的绿，看起来又厚又硬。我每每早上醒来，就会看到光团中的柳叶桃，明亮又温暖，仿佛一张张小笑脸。

估计是夹竹桃好活，似花又似树，所以人们并不金贵它。夏天，有小闺女喜欢摘下花来，捣碎染指甲，没有凤仙花染得好看不说，还平白招来大人们的责骂，说此花有毒，近不得。含着一汪泪，但见残红狼藉，莫名其妙地委屈。奇怪的是村人被蛇咬，却有人将夹竹桃的枝条折下，挤出枝条中的汁液，往伤口上涂抹。当时我家藏有一罐蛇药，是父亲从东北带回的，母亲大方地将蛇药借给那人。那人后来就好了，也不知是夹竹桃的功劳还是蛇药的功劳。

有位作家讲过这样一个故事。钱穆先生某次路过一座古庙，看到道士正在清除庭院中一棵枯死的古柏，便好奇地问："古柏虽死，姿势还强健，为什么要挖掉呢?"道士说要补种别的树。先生大为惊讶，疑惑还有什么品种的树可抵松柏。对方竟要种夹竹桃："松柏树长大，我看不到了，夹竹桃明年就开花，我还看得到。"先生听了，大为感叹："'士不可不弘毅，任重而道远。'丛林的开山祖师，有种夹竹桃的吗?"

先生虽是在告诫学生，做学问的人，不要只关注眼下，而要有风物长宜放眼量的气度。但另一方面，也反映了民间对夹竹桃的喜爱，不只它好栽易活，还因能在短时间内就可赏花。即便明知它有毒。

许多画家都有关于夹竹桃的画作，最好看的，当是古斯塔夫·克里姆特的《两个女孩与夹竹桃》，画面宁静柔和，春意盎然，少女双手捧着夹竹桃，两下里，都是花正开，年正好，如此和谐，如此登对，美丽，温柔，令人悦目，但同时暗藏剧毒，一旦碰触，后果不堪设想。好东西，都是既生也死，既白又黑，既有毒又让人恋念的啊。"夹竹桃，假竹桃也，其叶似竹，其花似桃，实又非竹非桃"。

夏天在苏州，路过壮硕的广玉兰，又驻足于石榴的落红，小穗子般的合欢在头顶摇摆，绸缎扎成的栀子花擦着我的裙裾，迎面又是一株又一株的花树，花朵有红有黄。人站在那里，怔忪着不知如何是好。空气中氤氲着潮湿的花香，好久方醒来，原来擦肩迎面左临右望的花树，竟都是夹竹桃啊。

欣喜地仰头，团团簇簇，朵朵都涌溢着满满笑意。恍惚中，一下子跌回到童年和故乡，眼前的每一朵，都是当初那些门旁墙头、屋角水边的柳叶桃花。

马莲：请将山梦寄天涯

题记

那朵马兰花，原来就是我们的马莲啊。

端午前十多天，小孩的营生就是去地里剜马莲。

一人挎一个篮子，再拿把带锈的镰刀，出村过河，爬坡上梁，去剜马莲。

说是剜马莲，其实就是割马莲叶。倘若不借用工具，马莲叶大约是永远也无法被人拽下来的。马莲叶的韧性堪比草绳，所以才会被人剜回来，缠粽子用。

大人们怕镰刀伤了小孩，便去柴房里翻，一把冷落好久锈迹斑斑的镰刀递出来。当然，即便是弃置已久且丧失危害力的农具，他们也一再嘱咐小孩，用的时候刀刃朝外，千万小心，不要割伤自己。虽被大人种种告诫，沉甸甸带绿锈的镰刀也是刀，刀的本性就是要伤害人的，所以也有人偶尔被割伤。被带着铁锈的刀伤害，很麻烦，伤口烂得快，好起来慢，疤痕好几年也褪不掉。有智慧的大人觉得与其这样，不如就给孩子一把顺手的镰刀。这样一来，小孩们在剜马莲的时候，速度上就有了区别。拿锋利镰刀的小孩，上坡就蹲下，噌噌噌，一阵工夫，篮子就装满了，而另外一些小孩，就需要走更远的路去剜马莲。

田埂和山道上车辙印痕深重，中间凸起的土脊，就是马莲长得最好的地方，好像它是千辛万苦从某处被挤压出来的，又好像是被曾经的时光弃掉的，但无论怎样，顶尘披雨，茂茂盛盛。你只要沿着小道往前走，就有小道一样长一样多的马莲等着你。

我是那个笨小孩。不只来自镰刀的锈钝，还来自我的蛮力。

使用镰刀是个讲究技术的活儿，要将镰刀持平，割马莲叶的时候，向下削，不能迟疑，要干脆利落。因为不会用镰刀，我就用手死命地揪马莲叶，勒得双手受伤，又用指甲去掐马莲叶，在马莲面前，指甲这个我记忆中非常坚硬的部分，成了最无用的东西。

好在，那些拿着快镰的伙伴会过来帮忙，我们蹲在地上，沿着弯弯曲曲的马莲丛，挑长得高的，一丛丛削下去。

热汗微微渗出鬓角，用手胡乱擦过，一脸的黑花色，不久我们都成了拥有“哇呜脸”的小孩。也没有谁去笑话谁。篮子都满了，就蹲在小道上用马莲叶编辫子、编垛子。有人嫌马莲叶粗硬，说只有塑料头绳能编小金鱼，也有人试图学大人，编一些牛马青蛙之类的物件，小孩是没常性的，所以也编不成。

马莲剜回家，大人要挑拣，把长的挑出来，在阴凉处风干，翠绿的马莲叶渐渐就黄了、瘪了，摸起来瑟瑟有声。端午节近在眼前，家家开始泡黄米，又将干透的马莲叶和菜园子里摘回来的苇叶入锅煮。一时满村子都是清草叶的香味。

伙伴的父亲是篾匠，那个心灵手巧的男人用挑剩下的马莲叶编出许多东西，家里放不下，就送给前来观望的小孩。我得了匹小马，放在桌上穿衣镜边，出门进门瞥一眼，让人生出拥有两匹马的错觉。

村里放电影，电影里有朵神奇的马兰花，倘若人们有难，只要对着它说：马兰花，马兰花，风吹雨打都不怕，勤劳的人在说话，请你现在就开花……

那朵马兰花，原来就是我们的马莲啊。这事让村里人兴奋了好久，好像怀揣宝藏的人般自喜。

第二天小孩出村过河，摘几朵蓝色的马莲花回来，笑嘻嘻地，也效仿电影里的人，大声唱：马兰花，马兰花，风吹雨打都不怕……

马莲是轻贱的花草，从未见有人将它挖回来种到花盆或花池里。街巷村道都有花，夏天秋天红红绿绿的，多是大丽花、扫帚梅、水红花这些长得高、颜色艳丽的花。大人们说马莲就是草，跟满山满谷的羊茅、蓬蒿、芦苇没有区别，不是花，上不得台面，家院里哪有栽草的道理？这一说，小孩似乎懂了，又似乎越发不解了。

回头看马莲，觉得它像是生在山间野处的小户女儿，勤劳、坚韧、善良，几十年几百年，也未见过远方的模样。不见就不见吧，却也没灰心丧气。到了农历四月，经了春寒，便一丛丛开了花。那时，山上的草刚刚冒绿，更多的花还在母腹里做梦。开了花的马莲，紫蓝紫蓝的，是山里最雅静最好看的颜色。

马莲的好看是孤独的。马莲的好看也是寒酸的。

马莲的花，只长给自己看，长给路过的风看，长给星辰月色看。倘若你来到山里，碰巧看到了，那也是无关紧要的事。女儿生在小户人家，胸怀不见得也只有花尖那么点大。你只要看它在风中低眉却不低首的样子，就知道，马莲原来是一种骄傲的花啊。

玉兰：春来一树花

题 记

玉兰终于开花，我们看到的是一朵朵紫红色的花，在风里……

早先人们起名字颇为讲究，像我父亲那代人，差不多都拥有意蕴深刻、内涵丰富的名字，外嫁的女子，因无法列入族谱，起名字就随便些，但即便如此，她们也多以兰、莲、桂这些雅气的植物为名。我一直觉得叫玉兰的女子，长相不一定惊为天人，但肯定白净、清雅，说话柔声柔气。我的老师中，就有叫玉兰的，她暗合了我对玉兰的所有想象。实际上，在我的生长地，是见不到玉兰这种植物的。我们通过电影或书本得来有限的视觉和幻觉印象，并牢守大半生。

单位院子里有两株玉兰。期待玉兰开花是一个漫长的过程，漫长到遗忘了身边还有两株名叫玉兰的树，漫长到其中一株因光照或其他原因枯死。第四年春天，仿佛得到某种暗示，当年栽植于小区、公园和庭院的尚且存活的玉兰树，一夜之间都要开花了。玉兰的苞蕾，便通过长长的枝条，擎到你眼前，似乎在努力亲近你。此时，风沙弥漫，春寒瑟瑟，躲在山洼里的桃花，急不可耐地爆出花蕾，又被冻僵。

以为玉兰紫红色的苞蕾中，深藏着雪白的朵瓣和蕊心，像诗词里描述的那样“刻玉玲珑”，可万万没想到的是，当单位院子里的玉兰终于开花，我们看到的是一朵朵紫红色的花，在风里，好像被风霜冻青的女子，带着萎靡和苦寒。这种遗憾，不是说“它怎么不是白色的啊”这么简单，而是“它的颜色怎么不能再浅或再深一些啊”这样的慨叹。失望了好久，后来又安慰自己，好歹它也是玉兰啊，倘若不是现代科技的发展，盂县，黄土高原上的仇犹之地，将永远光秃秃不见玉兰；何止玉兰，连碧桃、鸢尾、暴马丁香这些植物也不一定会有。

人对无法更改的事件，多顺从。总不能因一朵玉兰的颜色，而砍掉一棵玉兰树吧？我们只能去接受，并慢慢生出喜爱。

下班后，几乎整个单位的人，都围聚在玉兰树下，笑嘻嘻地看着玉兰，看它们厚厚的花瓣，看它们没有叶子的长枝条。甚至路上遇见熟人，都会炫耀，我们单位的玉兰开花了。

隔年在苏州，看到广玉兰开得热闹，硕大繁多的白色花朵，让人惊奇不已。刚下过雨，花瓣间溢满盈盈雨水，好像一个个白瓷杯盏，被谁的手端着，突然就伸到在小路上走的你的面前。玉兰，应该在风柔雨润、土地肥沃的地方，才能开得尽兴而美好吧。转念想，玉兰从雨水充沛、日光高照的南方，迁徙到风沙肆虐、寒冷无比、干旱严重的高原之地，还能活着，就是一个奇迹，何况，它远不只活着这么简单，还开出了那么多的花朵，装点众多缺失玉兰的人的枯瘪的梦境。

玉兰花，又叫望春花。玉兰花的外形与莲花有几分相似，但又不同，它舒展的花瓣和饱满的花朵，带着清高孤寒的气质。据说白色的玉兰花味道清香，沁人心脾，可惜，从未闻到过。或许，恶劣的生存条件，迫使高原上的玉兰不得不掩藏其诸多优良的品质，只要活下来，于它，于我们，就是幸运。

对着院子里的玉兰花拍照，花朵重量大，在风中摇摆，它本“自爱临风皎皎”，所以我很难对焦。阳光下，拍出来的玉兰是桃红色的；月光下，它又变成了褐色。同事学画，用手机拍了一张，照着不停地在纸上描。她说，对于初学者来说，玉兰是最好入画的，因它花瓣厚硬，体态端庄，层次不多，而且长得有特点。

在电脑前工作，眼睛累了，推开窗户，不自觉朝下看，一树绚烂的玉兰花，像一个个小嘴巴，微微张开来，似有话说。花树下，衬着刚刚泛青的绿植，像一条好看的地毯。吉祥生活在东海，那里一年四季花开不败，所以她对花草极有研究。有一天她突然问，你就只有一株玉兰树吧？我捂嘴笑了。一个人，一树花，度春天，够了。回头对着春天里这唯一的花树，饱看一回，一时觉得，这一树花，蕴含着许多的讯息，正在春风中渐渐扩散开来。

苹果花：春风不忘

题记

苹果花，是春天里最好看的花。

小时候，在西太行乡下我未见过苹果树，但有柰子、林檎、槟子树，它们的果实极其相似，大约丸药大小，浅绿色，乡下人统称为“小果子”。吃起来，味道奇酸，一般只有小孩和害喜的妇人爱食。

乡下的花，总是循着次序来的，春天，桃花开，杏花再开，梨花结出苞来，村口那户人家的林檎树枝条就伸出墙头，绽着小小的花。雨不经意落下，有时早上，有时傍晚，温温的，润润的，像小狗的舌头舔你。那雨看起来并不大，人在雨里走一遭，除去头发上会蒙一层“雨绒”，连鞋底都沾不上湿泥。但就在这样的雨后，邻居门前的槟子树也努出了花苞，而饲养处那株大柰子上，更是满树粉粉白白的花。

小孩跟家里的鸡和狗一样，早上吃完饭，就跑出家门，鸡是到草滩和河沟里觅食去了，狗就跟在小孩身后，去那些开花的柰子树前，仰头观望，似乎也不是赏花，也不是等待什么，反正没有什么缘由和意义，就围在树下，盯着那些欲开欲罢的小花，心里有种说不来的喜悦，但也有惆怅。小孩的心思是很纤巧细微的，没有谁能准确表达出来。

柰子树上的花，是很好看的，它明显不同于林檎树和槟子树上的花，比起来，后两者的花，倒有几分相近，都是白色的小朵，中间有长长的黄蕊。柰子花的花苞是艳粉色的，开了花，花瓣变成了粉红色。每朵柰子花都怕冷似的抖动，又仿佛不是怕，是被我们这群黑乎乎的小孩看羞了吧。头仰得久了，会感觉自己被分成两截，一截埋在土里，跟柰子树的树根一样，没知觉；另一截长在半空中，像云，也像风。视野明显宽阔，不只能看到柰子树上小酒盅一样的花朵，看到它们羞怯的神情，慌张的抖动，还能看到它们之上的天空，泛着淡淡的蓝色，麻雀惊叫着飞过去了，燕子沉默地俯冲下来，一只喜鹊直飞上了天……直到脖颈酸困，人才低下头，回到自己的身体之中。一条狗不安分，颠着腰绕着粗大的柰子树小跑，贪婪地闻嗅树下浓烈的牛马粪味。我们刚刚脱掉棉衣，看不见的风，携着这股粪味，扑扑地吹着我的裤腿，微暖微寒。

再一年清明，父亲将家里那株小梨树枝条锯下来，又把一条他带回来的枝条用泥糊上去，再拿草绳子仔细缠了一圈。接上去的枝条，明显要比原枝粗一些，但似乎是不打紧的，因为在草绳子的帮助下，它已经被牢牢地跟梨树“焊”在了一起。父亲说，这株梨树长得不好，嫁接一些苹果枝，或许它就长好了。那年五月，梨树并没有开花。但树叶葱郁，草绳子让苹果跟梨之间摒弃陌生和拒绝，变得和睦而友好。植物的治愈能力和适应能力，真是让人钦佩。秋雨连绵，一场又一场，草绳子到底渐渐烂掉了，苹果枝和梨枝之间的切口露出来了，不像人的伤疤，更像是被某种东西填补了它们之间的缝隙，有圆圆一圈凸起物。来年，它们之间的粗细分别竟也消失了，每个枝条匀匀亭亭，甚至凸起物上长出的叶片将它们曾经的模样全部遮掩。五月，这株树上的花开了两种，一种像柰子花，粉红色，另一种像梨花，白色。

我们家是村里第一户拥有苹果树的人家，随着花落，果子一个个擎出来，初时是很小的，渐渐地，大过那些“小果子”。在等待苹果长成的日子里，越来越多的人，都来央求我的父亲，带一些苹果树苗回村来。

当我跟小伙伴们分食着树上少量的苹果时，我并不知道，村里的柰子、林檎、槟子都是苹果家族的成员，它们只是以另外一种形态，存活在大地之上。而柰子，一直被河西走廊的人们称为绵苹果，且自秦汉起，就在那里生长千年之久。

父亲那年嫁接的苹果，是西洋苹果，这个品种大约在1870年前后由美国人引入我国。

依我看，苹果花，是春天里最好看的花。桃花因开花太早，被寒风不停地摧残，花期很短，粉白不久变褐、变黑，皱巴巴。而杏花的蕊心，是深红至褐的，看起来有种不洁之感。梨花相对好点，白似雪，容带泪。

《葡萄月令》里，汪曾祺先生这样写：

都说梨花像雪，其实苹果花才像雪。雪是厚重的，不是透明的。梨花像什么呢？——梨花的瓣子是月亮做的。

我想老先生的意思是，梨花太清冷了，像少年的情谊，惊艳，却没有一点暖意。而苹果花，无疑是带着暖意的花，艳而不俗，密而不乱，既有清雅，又有热闹，就像它的果实，只一眼，就心生和暖，花好常欢。

写下过“多少人爱你青春欢畅的时辰，爱慕你的美丽，假意或真心，只有一个人爱你那朝圣者的灵魂，爱你衰老了的脸上痛苦的皱纹”的爱尔兰浪漫主义诗人叶芝，其诗歌般的生活中曾因茅特·冈而出现苹果花的意象：“她伫立窗畔，身旁盛开着一大团苹果花；她光彩夺目，仿佛自身就是洒满了阳光的光瓣。”苹果花，这种带着甜美和温和气质的花朵，让恋念之人，变得更加可亲。

无意间听到王若琳翻唱《苹果花》：

苹果花迎风摇曳，
月光照在花荫里，

想起了你，

想起了你……

她的声音有磨砂般的质感，仿佛一粒细细的沙，一点一点摩擦着你的心，微痒微疼，把人带到一个有月亮的夜晚，一个身着白裙的少女，站在开满繁花的苹果树下，想念着喜欢的人，心里，有埋怨，有怜惜，还有微酸微凉的爱意。

突然想起幼时站在柰子树下的心思，原来那种若远若近、若即若离的情意，真会让人心疼而惆怅。

牡丹：春色知心

题记

连行遍南北纵横江河的诗仙李白，在满城团团簇簇、五彩斑斓的牡丹花前，都讶异不止。

谷雨三朝，未知报国寺的牡丹，情状如何。

牡丹花开在寺里，就有了救赎的意味。寻得这一方净土，戒言，戒怒，戒欲，悄悄生长，默默盛开，一年，两年，渐渐把充满褶皱的心思，一点一点地抚平了，舒展了，所以才有了这宽厚坦然的朵瓣。

村里老人，做寿衣寿鞋，首选图案，肯定是蝴蝶戏牡丹。如果娶新媳妇，会给她的枕上绣凤穿牡丹。一过年，墙上挂的年画也是层层叠叠、雍容华贵的牡丹。

祖母把牡丹叫作“卯丹”。那时村里人多不识字，就呼个音罢了。我猜想大人们前一天黄昏要约明早做事，总是说，卯时集合吧。那时不懂子午卯酉，以为卯时既然是一天的开始，心里便把这个字排在第一位。“卯丹花”，当然也是第一名的花。与同学聊起“十二月花”，我的出生月份正好对应着牡丹花，不是兰花不是梅花，是牡丹花哎！好坏不究，心里美滋滋的。有出戏叫《真假牡丹》，祖母最喜欢看，戏里有两个一模一样的牡丹小姐，还有两个一模一样的包公。她每次看完，总爱啧啧有声地说：真真假假，假假真真，都说眼见为实，原来眼见也不真。那些出生在同一个月份、对应着同一种花的人，命运也该是不尽相同的。

传说当年杨玉环还是寿王妃时，住在长安十六院中最南侧的府邸，比较狭小，且已遍植花木。玉环原本洛阳人氏，见惯了“清明次五时牡丹华”的盛景，离家时带了百株牡丹，原想植于眼前，看它花开，听它花落，同经雨，共沐雪，以慰思乡之苦，奈何这逼仄之地，根本无法容纳百株牡丹。万般不舍，玉环只得将牡丹栽种到南门外兴宁坊清禅寺院里。后来，清禅寺院里这些来自洛阳的牡丹，就成为长安其他寺院的“种子”，并渐扩散到民间的街头巷尾。从此，洛阳牡丹开遍整个长安城，气势壮观。连行遍南北纵横江河的诗仙李白，在满城团团簇簇、五彩斑斓的牡丹花前，都讶异不止。当他奉诏作三首《清平调词》时，想到牡丹花丛中的玉环，下笔如神，写出流传千古的“云想衣裳花想容，春风拂槛露华浓”。据《唐国史补》，暮春时节，长安人头攒动，车马若狂，赶赴牡丹盛开处，赏国色天香，激情澎湃，“以不耽玩为耻”。

有意思的是，去年报国寺牡丹花开，小城里的人都去看牡丹，阵势也颇为浩大。这之前，盂县很少见到如此大规模盛开的牡丹花。我印象里，牡丹很少出现在民间的院落。小时候，夏夜坐在街上，听人叨咕，有次叨《聊斋》，说叫葛巾和玉版的两个牡丹花妖，嫁给两兄弟，各生一子，美满幸福。两兄弟偏偏起疑，想探个究竟，花妖只得掷儿而去。后来地上长出两株牡丹花，一紫一白，被后人称为葛巾紫和玉版白。

有人说，牡丹是妖花，家院里生祸害，只有衙门和寺院才能镇得住。

当然，这都是早年间的事了。如今人们已不讲究这些，花花草草，只要喜欢，就拿来养，也有人将牡丹花种在家院或屋子里的。心里没鬼没妖，坦荡荡地活着，一朵花，就是一朵花吧，栏边安枕，夜深了，对着它说说想念的人、难过的事。泪眼观花，花叶无言。

我想，牡丹还是长在寺院里好，受风吹雨淋，经寒侵炎蒸，悄悄发芽，默默生长，任人来人往，兀自绽放，此季清净，一生淡泊，而不必理会人间的生离死别，更不必去安慰孤凄人心。

萱草：今朝风日好

题 记

萱草又叫谖草，“谖”字有“忘记”的意思，《诗经》中有“焉得谖草，言树之背”的诗句。

有时进山，但见植物茂盛，满目葳蕤，各色花朵大大小小，在坡谷间舞之蹈之，便会生出踏入仙境的错觉。山间仿佛植物的母地，在这里，怎样的植物都可快乐地生，快乐地长，乃至快乐地死。有时我会带一捧野花回家，来自山花的气息，让人心安。夜里做梦，都与大地草木有关。那年在山上看到金针开得好，便舍不得离开。后来偶得一苗，栽在花盆。那时还住在旧房子，屋子逼仄不透气，便把金针放到了屋外。一株金针也不怕孤独，开得热热闹闹，好像从未离开过大山般怡然自得。

来年入夏，它依旧努出花苞。北方晚春初夏，虽杨柳依依，但绿意尚未洇绿大地，几个小小的花苞，这次倒惹了好多眼目。最关注这些花苞的是楼上老太太。中午我下班回家，她总是直盯着金针跟我说，这花是能吃的，凉拌最好。乃至嘴里吧嗒几下，咽掉舌尖的口水，又要下手将金针摘下。我便笑笑说，还是看花好，就不要吃了吧。她有些不自在，又觉可惜，最终移步上楼，还不舍地一直回头。

金针的学名叫萱草，母亲节到花店里买花，花束中康乃馨往往是主角，当然也少不了萱草、玫瑰和桔梗花。萱草又叫谖草，“谖”字有“忘记”的意思，《诗经》中有“焉得谖草，言树之背”的诗句，意思就是说我去哪里能找到一枝萱草，种在北堂，借以解愁忘忧呢？于是旧时年月里，游子远行，或进京赶考，或出外经商时，常常会在北堂种上萱草，希望母亲睹物思人，减轻对自己的牵挂，忘记烦忧。

我看过一个关于华佗与金针的传说故事。曹操头疼病发作，差人去请名震江湖的名医华佗。曹操病症疑杂，治不好丢命，治好也难保全，华佗知此一去再难回，可怜一干民众，日后病痛无医少药，如何是好？忧思中华佗渐渐入梦，见一仙人立于面前，把一捧草递来，便飘然而去。华佗醒来，果见胸口一捧草。第二天跟送别的民众依依不舍，临别将手里的草向空中一扔，但见金光闪闪，即刻漫山遍野长满了青叶黄花的植物。这就是金针。华佗走后，金针成为百姓的良药。

估计是如此缘由，所以楼上老太太才会对我盆里的金针念念不忘、恋恋不舍。那株金针有六七个花苞，既饱满又疏朗，又娇俏又清雅，注定会让人眼热，所以第二天早上，花苞就不见了，只剩下低垂的叶子。楼上老太太看了，惋惜不已，我便顺水推舟，将金针送给她。

再想看金针，我就上山，坐在它跟前，被山风吹着，被山气罩着。我的头发和它的花瓣，摇来晃去，得意自在。

偶尔也生出遗憾。摘两枝回来，送给母亲。母亲叹口气道："金针花一摘下来就会萎掉，可惜了它。"我心里却在想，自己虽不能给年老的母亲在北堂种萱草，总可以送枝萱草花表表暗藏的心意吧。

夏日晚间出门纳凉，信步游园，一入园，便被满眼的金针唬住了。明黄色的金针在夜里有种明亮灿烂的温馨，俏生生跟你对视，灼煞眼目；路灯下的金针却呈暗色，如果不仔细巡睃观望，怕是会忽视这些金黄或酡红的、簇簇拥拥的金针。

金针，一朵花给人的感觉总是令人惊诧而心神摇荡的，几百几千朵花却给人一种无法分神和抵触的静气。就在这种铺天盖地的安静中，想起了王冕的《偶书》:“今朝风日好，堂前萱草花。持杯为母寿，所喜无喧哗。”

石榴花：不如怜取眼前人

题记

清末海派吴昌硕先生有石榴图，图中石榴籽红如玛瑙，令观者有馋羡之意。

我小时见到的石榴花就是画像上钟馗耳边插的那朵，经了一年的风霜，颜色寡淡模糊，这花插在一个长着蓬乱胡子且有一张大方脸的糙男人头上，总是滑稽的。念着他是神仙，从未敢造次，说出不敬之言。但每次从外面回来，看到街门道里钟馗吹胡子瞪眼的凶模样，总是将头一低跑过去，心里、面上慌张不已。祖母说我们家的安顺全凭钟馗保佑，这样一来，画像上钟馗凶神恶煞的模样和那朵滑稽的石榴花就轻易被忽略了。

后来读《红楼梦》，鸳鸯三宣牙牌令有“凑成便是个蓬头鬼”一句，贾母便接“这鬼抱住钟馗腿”。我感觉蓬头鬼这个名称给钟馗是最合适不过，偏偏钟馗是管制蓬头鬼的。尽管钟馗蓬着头，但有那朵石榴花，也就跟一般的鬼有了区别，不只妖娆好看，还有了仙味。这也是世人爱戴他的理由吧。

我真正见着石榴树和石榴花，是在龙门，在大大小小的佛像前驻足，惊奇和感叹。跨伊河，落日铺映一河的缓波慢水，一扭头，便是一地的落红。默然未语。又入一处院子，有古柏沧桑，柏下一盘石桌，柏针碎碎点缀着那分古静。坐在石凳上，禅钟起，叶零落，念及流年，唏嘘一番。转身迎面一竖碑，上刻“无缘大慈同体大悲”八个字，愈发觉得人世苍茫，生命悲凉，这刻意的见面，亦是有一回少一回了。

再说话，只能挑轻松话题。便问浅蓝：“这是什么花开得如此乍然，轰轰烈烈的欢喜和悲伤，不舍不瞒？”

她惊奇地反问：“难不成你不认识石榴花？”

蹲下身对着一地落红愣怔半天，又抬头看树上火红的花朵，一阵风过，掉落的花瓣转向，一些飞到花圃外，一些便沾在了我们襟上。浅蓝说："我也拥有一条石榴裙了。"我们都笑。年华已逝，石榴裙下若无良人，对于我们来说，石榴裙也无意义。

石榴裙原本指石榴花颜色的裙子。传说杨贵妃异常痴迷石榴，不只喜花爱果，还喜穿石榴红的裙子。唐玄宗为投其所好，大量种植石榴树，每日与佳人赏花歌吟，不理朝政。他这种做法引起了大臣们的不满。有一回大宴之上，唐玄宗要美人给大臣们献舞，美人便嗔怪道，你的大臣对我如此无礼，我才不给他们跳呢。大臣怕受到惩罚，便纷纷躬身献礼，从此便有了拜倒在石榴裙下的说法。"石榴裙"后来成为美丽女性的代称。石榴红色，不是我最中意的，总觉红色太热烈，闹腾，不合我性情。我倒更喜天青色、秋香色、月白色，冷一些，淡一些，寡一些，浅一些。

近年我们小城市场上也有了石榴卖，中秋节前后，石榴最多。好石榴表皮粉色，内籽鲜红，入口甜爽。也许石榴是最适合淑女的水果，一口一个小籽，细细抿，慢慢嚼，这才是好味道。

前日后辈结婚，按照村里旧俗，她的婚床上，除去枣、核桃、花生这些干果，还有剥开的石榴，那艳红的籽粒，看起来就是大张的笑口，合也合不拢。石榴原本就有"千房同膜，千子如一"

之说，这婚俗，仿佛承载着一辈子的心愿和时光，天长地久，天伦永盛。

画家也喜画石榴。清末海派吴昌硕先生有石榴图，图中石榴籽红如玛瑙，令观者有馋羡之意。石榴红，石榴籽，富贵多福，如此吉祥。

五月，无论是植物园、乡间大院，还是小户花盆，但凡栽有石榴花，都要热热闹闹开，然后干干脆脆地落瓣。《孽海记》里小尼姑赵色空从庵内逃出，眉目含情，春思萌动，在台上她俏吟吟地唱：

小尼姑年方二八，
正青春被师父削去了头发。

夜凉如水，明月空照，前尘往事，风云变幻，人站在石榴树下，任红色花瓣擦着你的发丝、脸庞、肩膀和衣襟，落到脚下。脚下，落红遍地，却也没有急切的悲伤和惋惜。此时此刻，最适宜听的，是这两句：

啊呀由他，火烧眉毛，且顾眼下；
火烧眉毛，且顾眼下。

茉莉花：算人间知己

题 记

卖花女篮子里的茉莉花，它有雪白的小花瓣，还有一个翠绿的小花柄……

茉莉花浮开在大人的茶碗里，带点微微的鹅黄，颤颤地在水面抖动，仿佛女子凌波微步，这轻盈已经让人感觉惊艳了，偏偏还有沁人心脾的清香，一缕一缕飘过来荡过去，让你忍不住口舌生津。饮之，喝茶人神清气爽，仿佛远古神农初次遇见茶叶，在惊讶喜悦的同时，生出从此人生漫漫都作浮云散，只留得眼下豁然贯通的享受。几次冲水后，茉莉花似乎承受了过多的重力，也像经过了某种难以言说的蜕变，最终沉入碗底，成为茶叶渣子，被泼在梨树下的雪堆中，陡然惊起枝上两只麻雀。

我想，世上美味，只茶、酒两样。仅因这两样是大人不允小孩去碰触的东西。小孩玩过家家，桌上会摆一块小白石头，这块小白石头被我们臆想成一碗好茶、一杯好酒，敬给神仙或招待远客。

有一回我偶然喝到初泡的茶，茉莉的鲜香和茶叶的苦涩顿时令人神清气爽。但这种时候不常有。大人生怕我慌慌张张将茶碗打掉，便将暗黄的茶托去掉，独留一个白瓷茶碗，被我双手捧着。即便这样，我还是将一只茶碗摔到了地上，祖母痛心疾首。村里偶尔也来补锅补碗的匠人，祖母花两毛钱，将茶碗补好，从此，我家柜子上的两只茶碗成了摆设。没人知道，有一只是不能用的，也没有人知道，祖母是怕另一只也碎掉后，她对祖父的记忆会变得越来越淡。对于我来说，打碎茶碗并不是印象最深的，而是那些褐黄色的残茶泼洒到地上之后，茉莉稀软的丑样子，全然破坏了我心目中茉莉的超凡出尘的形象。

茉莉是南方的植物，据说在广东，家家户户都栽植茉莉花，这真是令人羡慕的事。我也曾养种茉莉，两次都没有活下来，更未见一苞花开。虽有遗憾，又觉如果真喜欢，大可去茶叶店，称一斤茉莉花茶，它便左左右右不离开你了。

苏眉《花馔》中有茉莉入菜的描写：茉莉花事先腌制过，保持花型，与鸡蛋炒。比较风雅的吃法是，厚白蜜涂碗中心，每早每晚摘茉莉另盛在一个碗里。将蜜碗盖上，午间取碗注汤，则茉莉花的香气，都留存其间了。惹人馋涎。

有一年在南京见到卖花女篮子里的茉莉花，它有雪白的小花瓣，还有一个翠绿的小花柄，朦胧中，花朵带着晶莹的露水，盈盈欲滴。后来才知道，这是为了保鲜，卖花女在上面洒了水。雪白的茉莉花朵，被编成手串、项链和发箍，在卖花女的手腕和指尖转动，散发出一股又一股醉人的幽香，那种香，是熟悉的，仿佛久别重逢。但同时，对于习惯生活琐事烟熏火烤的人来说，又是陌生的，仿佛乍然相见，惊魂摄魄，欢喜涌出，禁不住想靠近亲热。同行的人痴痴地说，在南方，卖花人令人羡慕啊。有意思的是，她来年得了个女儿，取名茉莉。

在夜里，有些花朵会自动闭合，像人类一样进入睡眠。也有些花朵是不休眠的，相反，它们仿佛精灵般，悄悄绽开。茉莉花就是黑夜的花。无法想象，那样白衣胜雪的花朵，在夜里，有怎样傲然从容的风流，只知它的清郁浓香，罩过红尘味道，堪称世间一流。据说采摘茉莉花的最佳时间，是将夜时分，那时，人们身着黑衣，仿佛怕自己浑浊的微光，惊扰了一朵茉莉的微笑。

从古至今，人们对茉莉多加赞誉，古人曾写下许多关于茉莉花的诗句，宋人江奎有“灵种传闻出越裳，何人提挈上蛮航。他年我若修花史，列作人间第一香”之惊人之句，当代更有享誉世界的民歌小调《茉莉花》，连佛经里也提及“抹利”。看来，不只常人喜欢，连得道高僧、尘外君子都喜爱茉莉至极。茉莉花，既可观赏，又能闻嗅、品尝、簪戴，万种态度，无一不好，在天地间，俨然众生知己。

桐花：遗落人世的精魂

题记

而我们的古人，大约早就悟到了其中机缘，才怀着无限伤感，面对纷纷飘落的桐花，泪眼观花，惋惜又不舍。

迄今为止，并无人亲见过凤凰真容。凤凰这种既有超群外貌，又具婉转鸣声的神奇之鸟，只在传说中出现过。

《诗经》有“凤凰鸣矣，于彼高冈。梧桐生矣，于彼朝阳。菶菶萋萋，雍雍喈喈”的句子，译成白话文大约是这样的意思：凤凰鸣叫示意吉祥，停在高高山冈上。高冈上生长着梧桐，在朝阳中郁郁葱葱。栖息于梧桐之上的凤凰啊，鸣声悠扬。

刘关张二顾茅庐，行至卧龙冈，庄前下马，叩门，童子言说卧龙先生在堂上读书，刘备便随童子入内，至中门处，忽闻吟咏之声，但见诸葛均拥炉抱膝，正在唱歌："凤翱翔于千仞兮，非梧不栖。士伏处于一方兮，非主不依。乐躬耕于陇亩兮，吾爱吾庐。聊寄傲于琴书兮，以待天时。"仿佛字字句句，都是在告诉刘备，苍天之上翱翔的凤凰，只会停在梧桐木上；人世间凤毛麟角的高洁之士，只会选择真正的明主依附。刘备天生就拥有梧桐树般的气质，所以他麾下谋士，包括徐庶、诸葛亮和庞统。其中，庞统字士元，号凤雏。那日听书，觉得凤雏这名字真是美得惊人。

撇开三国旧事，回过头来说凤凰，说它栖息的桐木。凤凰与梧桐，神鸟与灵树，如此和谐登对，两者浑然天成。民间有"家有梧桐树，不愁凤凰来"的谚语，仿佛梧桐是被神仙遗落人间的精魂，它的存在，有缘定和偶然。栽活一株梧桐树，应该极其艰难。可是一旦拥有，一年两年，十年八年，哪怕更长的时间，总会等来凤凰。

我在25岁之前，基本就是"梧桐盲"。除去在诗词歌赋、传说故事里想象，我的真实世界里，梧桐树影踪全无。巧的是，我成家后，院子里竟有一株细细瘦瘦的梧桐，真让人惊喜。那几年，县城行道树中，增添了梧桐的影子，它们挤在杨柳树丛中，畏畏缩缩，神情可怜，小家子气得很。可能跟不适应此地地质条件有关，当然，更有可能是它们对适应高原环境缺乏底气和勇气，毕竟此地梧桐的成活率极低。院子里的这棵，因为小气候相对温暖湿润，长势倒也可以。夏天，大雨敲打着阔阔的梧桐叶，无端放大雨势，也影响心境，真个是“梧桐更兼细雨，到黄昏，点点滴滴。这次第，怎一个‘愁’字了得。”倘若夜里雨来，嘣嘣嘣嘣的雨声，敲碎梦境，“一叶叶，一声声，空阶滴到明”，顿觉前途暗淡，生活无趣。到秋天，树下掉了厚厚一层金黄，灼人眼目。冬天落雪，高高瘦瘦的枝条擎着一两枚桐果，覆着一寸厚雪，颤巍巍的，不堪重负，猛落下来，却无声无息。

直到十几年过去了，大街上随处可遇见梧桐树，我方醒悟，自己所见的梧桐，原不过法国梧桐，是悬铃木属，而中国的栖凤的梧桐（又称青桐），却是梧桐属，风马牛不相及，真真贻笑大方。我愿想中的梧桐，以及“桐花万里丹山路”的壮阔，都似是永不可期的幻觉。中国古代的“梧桐”，兼指青桐与白桐。白桐也叫泡桐。二十四节气共七十二候，其中清明三候：一候桐始华，二候田鼠化为鴽，三候虹始见。这里的桐花，就是泡桐的花，白色的花瓣带着一抹淡紫色。泡桐花是春天的花，开时风平浪静，宛如静姝，落时浩浩荡荡，不管不顾，所以它又是带走春天的花。看似分离，其实是将最好的模样留给了生和希望。而我们的古人，大约早就悟到了其中机缘，才怀着无限伤感，面对纷纷飘落的桐花，泪眼观花，惋惜又不舍。

海棠：一见知君即断肠

题记

它开的花，向着阳光的方向，我是透过窗玻璃看到的，怔了半天，才知道惊讶。

我曾羡慕伙伴的家里，有一个能将所有时间用来做菜、洗衣、打扫卫生的母亲。如此，你放学回家，进门便可捧起饭碗狼吞虎咽，亦可随意将脏衣扔到一旁，出去疯跑。那时我对当老师的母亲极为不满，但只有一样值得欣慰，那就是每隔几个月，母亲会从城里给我买小人书回来。有一次买回一本《风雪夜归人》，插图不是之前的素描、水墨、木版画，而是黑白剧照，这种新鲜感令人惊喜。读这本书，我第一次知道有一种叫海棠的花。黑白剧照，看不清海棠花的样子，只有模糊一团，我便缠着问祖母。祖母说她见过海棠花，花色艳丽，好看极了。

第一次有了新房子，扬眉吐气，家里养了鸟、金鱼，当然也有绿植，但我最想要的，就是海棠。外子购得一小盆，放在窗前。海棠叶子小小地披散着。初养海棠一两年，它只往高里长，叶子渐阔大，上面有均匀的点子，从未见过花开，便以为养了假花。但大院里乘凉的婶子们无比肯定，这蹿得老高、叶子纷散的植物，就是海棠。她们开玩笑说，并不是每个人都有养花的命，五行缺土的人养不活花，即便养活了，也是公花。又开玩笑说，旧时皇帝园子里的看花人，专捡那土命人来。笑归笑，养花还真是一件蹊跷事。

从古至今，世人都喜喻花为人。我年轻时不爱花，即便山上的桃李杏梨，都一概瞭都不瞭。偶尔同屋人择几枝桃苞回来，也心不满意。谁曾想以后竟会用半生时间养一盆海棠？所谓世事难料，原本的未来，更是改弦易辙，遥不可及。时过境迁，对花的偏见，到底被雨打风吹去了，终是遁入尘寰，灰头土脸，忙不迭陶醉凡俗杂物。

好在，是海棠。虽不是《群芳谱》中的“海棠四品”，但这到底是我的海棠。

我这株，叫四季海棠，秋海棠属，最寻常不过。第一次开花竟被忽略，似乎我只负责给它一个居地、足够的水就够了，也不用剪枝施肥，它自己就要努力开花。它开的花，向着阳光的方向，我是透过窗玻璃看到的，怔了半天，才知道惊讶。这花是长柄花，花朵低垂，花瓣根部暗沉，渐次变淡、红，略有透明感，羞涩，憨态，真似女娇娃。夜半灯下，想着“只恐夜深花睡去，故烧高烛照红妆”的诗句，更觉灼灼光华，让人流连。

这是20世纪90年代初的情形了。现在，它随我迁徙，阳台成了它的专属居所，我把它从原来的小盆里移到大花盆里，又将多余的枝条剪下，重栽了几小盆。我的海棠家族因拥有大片的阳光照耀，空间又大，水也充足，便快乐而努力地长得壮硕高大，根叶茂密，有时竟让人生出它们龇牙失笑的错觉。花从春天一直开到深冬，花瓣点点，淋到地板上，舍不得扫去，一枚一枚地捡起，放在书上，或者麻布上。落下来的花瓣，依旧葆有在枝叶上时的艳色，还有湿湿的水汽，就那样让它们在书里，渐渐地枯干着，干成枯黄色，一碰，便碎成粉末。我常常捧着一捧碎末不知如何是好。当然，最终还是将它们铺到花盆里做了花泥。让它们在一起吧，就像命运将它们赐给我一样顺理成章。不要分离，无关生死，花叶共在，时时刻刻。

海棠花叶纷纷，开花时间长，开起来又毫不节制。似乎多的，繁的、热闹的花、总给人某种俗气的感觉，但有什么关系呢？也只有这么平凡俗气的花，才会有诚心诚意从不好高骛远的本质，也因此，我有幸可陪着它二十五六年，或许，它还将贯串我整个下半生，也是难说的事。

海棠花们静垂着，仿佛世界于它无碍，偶尔飘下一阵花雨，没嗅得半点香。我曾在一个瓷摆件上见过“花淡无言”几个字，一眼万年。海棠默默盛开，又默默凋零，只留一抹断肠红，在你记忆的角角落落，凭岁月煎熬，褪色，风干。明人张岱《夜航船》有“断肠花”一则：“昔有妇人思所欢，不见辄涕泣，洒泪于北墙之下，后湿处生草，其花甚美，色如妇面，其叶正绿反红，秋开，即今之海棠也。”相传，南宋诗人陆游与唐婉分别前，唐婉赠他一盆秋海棠。天各一方，有海棠红于案几，抬眼间，那可是一枝驱不散赶不走的深情和念想啊。

棠棣花：彼尔维何，维常之华

题 记

棠棣花，既是安慰，又是唤醒；既是渴念，又是慰藉。

原来棠棣和棣棠并非同种植物，而我可笑到曾把黄刺玫也当作了棠棣。

黄刺玫，我们老家叫油香香。估计旧时人们看它像食物，便叫了这么一个充满食欲的名字。油香香在山上、路旁随处可见。冬天枝条缀满坚硬的刺，放羊人总要绕着它走。春天是个最有意思的季节，万物都平添某种温柔味道。油香香也是，叶子嫩嫩的，颜色柔柔的，盖住了尖锐的刺。不久，浅黄的花朵便在叶子间瑟瑟绽开了。我们小时候不懂得看花，更关注花朵谢了后结出的红果。所以到了秋天，摘油香香，是个顶重要的事，谁要是摘一兜子油香香回来，会羡煞旁人的。前几年，厂矿学校提倡庭院绿化，为马上见效，有人也将油香香刨回来栽到院子里。油香香是挖不完的，野生植物，总喜欢把自己的根须扎在山岩石缝里，而它的灵魂和气息也将永远驻守在旷远的山间。

在工厂工作的那段时间，是我一生中最无忧的时光。养貂师傅宿舍里，有本竖排版的《唐诗三百首》，喜欢至极，又不好意思张口讨要，只能搬个小凳子，坐在师傅宿舍门口，将书放在膝盖上抄，繁体字不认识，就照样往本子上画。意思虽不大明白，但知道它是好的，好到可望而不可即，好到无法拥有。师傅过年回家，又拿一本《诗经》回来，天书一样。夏夜，繁星点点，坐在院子里乘凉，央求师傅讲。

印象最深的是《采薇》。归心似箭的士兵，在枯燥的军营里，每天看着野豌豆苗，从初初泛出绿意，到努出花蕾，开了花。边防战地，一朵花开，就是一丝活下去的希望。可是，野豌豆花渐渐就凋谢了，而他心里“曰归曰归”的喊声却越来越大，想念故乡的心情也越来越强烈。有一天，他蓦然看到另一种花，“彼尔维何？”这是什么花？“维常之华”，原来是棠棣花。估计它长在极为隐蔽的地方，要不，怎么会突然出现在视线中呢？我想，这个男人，应该有乍然的欢喜和释然，棠棣花，既是安慰，又是唤醒；既是渴念，又是慰藉。时间一天天过去，在雨雪霏霏的冬日，他踏上了归家的路途，物是人非，往事如梦。回想当年出征时，春风和煦，杨柳依依，春光明媚，春日正好；现如今，蹒跚归来，遇大雪纷飞，道路泥泞难行，饥寒交迫，疲惫不堪。此时此刻，满腔伤感悲愤，而这样的哀痛谁能体会。

我们的祖先拥有极其高级的智慧，其文学语言艺术上的成就，令后人叹为观止。就像“桑梓”喻故乡，“椿萱”喻父母，“并蒂莲”喻夫妻一样，“棠棣”也被用于比喻兄弟之情。《诗经·小雅》有专写棠棣的一篇，当日师傅没有给我讲过，“棠棣之华，鄂不韡韡。凡今之人，莫如兄弟。”联想《采薇》，我突然明白，原来那个在外征战的男人，是在想念他的同袍兄弟，想念他们曾经共同度过、一去不复返的时光啊！或许，他也顿生“开琼筵以坐花，飞羽觞而醉月”的愿望呢。

红学家周汝昌有悼念四兄祜昌的文，短短两千余字，赤诚之心，拳拳在念，跃然眼前。文中有这样一段：“一次，我随雨仁三兄晚间散步于河畔土围墙上，田家坟小学校役名周海福者，过而见之，自叹曰：‘看人家兄弟，从没见红过脸！’可是，一般乡亲却很难想见我与四兄祜昌的这种非同寻常的手足之情，棠棣之切。”能够相处得如此合心合意，志同道合，颇为不易。所以老先生发愿：如有来生，仍为兄弟。

前年单位组织去植物园，那是我们第一次见到棠棣花，在红瑞木和丁香后面，白白粉粉，团团结结，开得热热闹闹。众人都不识它。回家后同事打电话来，语气兴奋，“原来那就是棠棣花啊！”我听了，心里也热浪翻滚。人与人处久了，特别是同事之间，会有兄弟姐妹般的情谊，想来，同事亦有同感吧。

紫荆花：东风吹破

题记

树上，红紫色的花朵，簇拥着细细小小的绿叶，树下，二闺女奶奶做针线、吃烟，或者呆坐……

方圆十里，除去二闺女家，尚未发现哪里还有第二株紫荆树。这给人一种错觉，全世界就长着这么一株，像峨眉山上的灵芝，稀罕金贵。大约其他小孩也这样认为吧，反正紫荆花盛开这几日，我们对二闺女极其崇拜，仿佛她是紫荆花神，分配我们看花的时辰和次数。

紫荆花一夜绽开，早上起来，我总觉得空气中满是甜丝丝的香味，便急着往二闺女家方向跑。院墙外，已零零星星站了许多的妇人，春风带着暖意和香气，拂过一张张迷醉自得、笑语吟吟的脸。邻村人正骑车经过，隔着河沟，他两脚着地，横跨在自行车的大梁上，鼻翼翕动，嘴张得老大。

紫荆树是二闺女的爷爷跟奶奶成亲时栽下的，但我们从未见过她爷爷，包括二闺女和她妈都没见过这个人。据说栽下紫荆树不几年，她爷爷就去了东北，从此再没回来过。后来，二闺女的奶奶去东北找过，人没带回来，却带回那人在东北又成家的消息。仿佛一个笑话，这个名唤“跟前”的人，没有守在家人跟前，享受天伦，却远走他乡，成为别人跟前的人。二闺女的奶奶常常跟人聊起这事，人们也乐意去听，说笑，问询，然后安慰，一起咒骂那个负心的人。

人已远走，树在跟前。树上，红紫色的花朵，簇拥着细细小小的绿叶，树下，二闺女奶奶做针线、吃烟，或者呆坐，仿佛从未看见过一朵花开，从未闻到过一股花香。

二闺女家买了电视机，伙伴们对她的羡慕升级了。晚上我们去看《排球女将》，二闺女看乏了，躺在炕上睡着了。我们第一次见到二闺女发癔症，她在炕上走来走去转圈，她妈喊她，喊不醒，就拉她下炕，出门，她绕着紫荆树一圈一圈地转，树上的花瓣簌簌地落在她的头和肩上。唤她、推她、揉她都是没用的，只得等她转够既定的圈数，带着满身红紫色的花瓣回来，爬到炕上继续睡觉。第二天问她，她一概不知。

紫荆花的花朵瓣片颀长，簇生花，大如掌。这样的花朵，在枯寒的高原之地，极为耀眼。但最令人难忘的，还是它的香气，氤氲良久，不散不灭。我一直以为，事物的堆砌和簇拥，自会生出一股强大无遮的力量，显然，花香就是紫荆树力量的聚合，仿佛是所有花瓣、枝叶、树干及附着的虫蚁们的记忆，一起投入炼狱，燃烧出来的熊熊烈火。不久，紫荆树上的花落尽，阔大的树冠，擎满无边的绿意，树干上的斑痕，仿佛密码和暗喻，它让二闺女家的人，因它的护佑而生出一种古怪的气质。

许多年后，才明白所谓的岁月静好，其实就是被花香迷醉的那刻，父母尚年轻，自己尚年幼，河水充沛，田野肥沃，人生才初现端倪，"风吹紫荆树，色与春庭暮"。

紫荆跟棠棣有同样的寓意，《续齐谐记》记载过一个关于紫荆树的故事，说的是，京兆田真兄弟三人分家，房屋、田产等均分配完毕，最后只剩一株紫荆树没法分，为公平起见，商议将树砍成三部分，各分其一。却发现郁郁葱葱的紫荆树竟枯萎了，状如火烧。田真不禁发出“树本同株，闻将分斫，所以憔悴，是人不如木也”的感叹。当兄弟三人决定不再分家时，原本枯萎的紫荆树，竟重焕生机，花繁叶茂。从此，紫荆树便被叫作兄弟树。

西关村也有一株紫荆树。照片上，树体粗壮，枝条披散，顶枝斜向旧屋顶，花开千朵，垂垂如怜，神情中饱含对时光的不舍和悲悯。为了这株树，屋主专门从北京回来，他说，兄弟们都在外地，老屋无人居住，不日村里拆迁，树怕保不住，可不可以把这株树捐出来，让它到公园、庭院那些利于它生长的地方去，让它好好活着，好好开花。他迫切的神情令人动容，便随他去探紫荆树。路过高高矮矮无数的院墙，穿过老阁洞，推开摇摇欲坠的院门，破窗旧户，蒿草没膝，抬头，紫荆树上，繁花缤纷，香味洋溢。一时愣在那里，“独坐纱窗刺绣迟，紫荆花下啭黄鹂。欲知无限伤春意，尽在停针不语时”，恍惚间，二闺女早已入土的奶奶，坐在树下，正穿针引线。

丁香：明月春风相思结

题记

瓣瓣欲语，朵朵含羞，团团簇簇，拥挤无隙，看似一朵，实则几十近百，每朵都有一股青涩的羞怯……

跟人类相比，植物也是千姿百态，各个不同，各有特点，多神奇。像丁香属，就有紫丁香、波斯丁香、蓝丁香等三十余种，紫丁香下一级包括白丁香、佛手丁香等，波斯丁香下一级包括花叶丁香等，不一而足。古人对丁香花的描述极其丰富，既有“冷艳琼为色，低枝翠作围”这种对外貌的描述，又有“愁肠岂异丁香结”“熏透愁人千里梦”这种对形态的比拟，最迷人的是“西窗白，纷纷凉月，一院丁香雪”。以花喻己，以花喻人，丁香花，成为有意味、有情怀的花朵。

对丁香花的最初最深刻的印象，来自戴望舒的《雨巷》。陌生事物所散发出的神秘感，总会教人极尽其能发挥想象，让虚幻和真实碰撞重叠，遂形成一种似是而非的事物。我就是这样幻想丁香花的花瓣、花蕊、枝叶和根茎的，乃至喜欢下雨天，撑一把雨伞，在县城街道上漫步，心里怀着《雨巷》般的哀愁，幻想自己就是那结着愁怨的丁香般的姑娘，并渴望上演一出惊世骇俗、天荒地老的遇见。兜兜转转几十年，当终于得见丁香花的真容，人已过了哀怨彷徨的青春时光。

丁香花，瓣瓣欲语，朵朵含羞，团团簇簇，拥挤无隙，看似一朵，实则几十近百，每朵都有一股青涩的羞怯，几十朵拥挤一处便有了铺天盖地的忧郁和清愁。丁香，丁香，表面看似单薄，骇怕，胆怯，实则它在用表象复杂多姿的形状，来掩藏内心无边的婉转。当然这种试图伪装的行为最终失败，它的花香暴露了它的秘密，不可抵挡，不可逃避，哪怕你站到很远的地方，房子里面、石头后面、流水尽头，都会嗅到丁香花的香气，浓烈清雅，绵绵缠缠，俨然要把你熏透、染透、想透，变成钟情、思念和牵挂它的人。就像一个远隔千里的人，跋山涉水，舟车劳顿来看你，而你们相见只有一盏茶的时间，之后不舍作别，步步回首，又不得不踏上旅途。相见难的遗憾，随着时间的推移、现实的冷酷和失望的蜂拥而至，渐渐凝结成无边的相思、愧疚、悔恨。本心深藏的，却是那个叫“爱”的字。不能说，不可说，又不必说。丁香花的味道，怕也是“爱”这个字凝结而成的吧。

丁香花大约在阳历四月开放，这时天气阴晴不定，忽雨忽雪。“四月是最残忍的月份，在死去的/土地里哺育着丁香，混合着/记忆和欲望，又让春雨/拨动着沉闷的根芽。”丁香，最敏感，也最伤心的春之花，却拥有惊人的自愈力和承受力，所有来自风雨的戏弄和命运的残忍，它都会全盘接受并成功破解。原来，丁香花是勇敢且具有极高智慧的花啊。

春天的京城，雪白的丁香花瓣藏在深绿的枝叶中，它拥有一个有趣的名字——佛手丁香。许是它的花瓣状如佛手？又或者它的气质和韵味与佛手有某种牵连和共性？我看起来也并没有多么相像，但它的味道倒是更浓烈，缕缕涌将来，路过的人忍不住想笑。

县城植物园里也有丁香，叫暴马丁香，听来是个暴脾气任性的女子，一条路走到黑，撞得头破血流也不言悔，在人前却干干净净，言笑晏晏，那股香气，在时间中，不增不减。

暴马丁香也是丁香属的成员，网脉丁香的下一级，是落叶乔木。但对于树盲花盲来说，都是花花草草。所以我自己就把此丁香喻着彼丁香，丁香，丁香，只为它的名字好、味道好、意象好，有时错以为丁香花就是青春时光和往日记忆的延续，有某种亲切和可贵，不舍和惋惜。有一次得了一小瓶丁香精油，到夏天，便再没有畏惧过嘤嘤嗡嗡的蚊子。丁香花还真是热烈的花朵，浓郁得不管不顾，带着小心机和暴脾气，还有耿耿难忘的怨气和恨意。这一点，教人欢喜。

春天的第一场雨，叮叮咚咚敲着窗外的山河大地。四月打开门扉，丁香花不日就要开了吧，在山上、水边、公园和庭院。蓦地想起去年春天，有一日在山上，眼见夕阳轰轰烈烈落下，急匆匆下山，却被一缕又一缕绵延不绝的花香扰得心痒痒，便在树丛里找，矮松、黄刺玫、红叶碧桃……丁香花仿佛顽童，藏在暗处偷偷捂着嘴笑。直到月亮升起，半山忽明忽暗，春天的暖风，悠悠来去，头发和衣襟里，全是满满的香味，那一刻，顿觉万物安然，生命美好，忍不住生出一汪热泪。

石竹花：买却春风是此花

题 记

山上也有石竹花，长在石缝里，摇摇摆摆跟你打招呼，花瓣是白色的，上有深紫的纹路，像是一块做裙子的好布料。

唐代苏州人陆龟蒙写石竹花，有一句“买却春风是此花”，意思是石竹花将天地间的春风都买来助自己开花，而春风并不介怀。这时候，即便你家缠万贯，愿掷千金，都无法挽回春风对待石竹花的拳拳之心。有点像当年的卓文君，抛却所有，也要跟司马相如私奔。看来，春风是永远年轻的事物，全然不管不顾，只要当下有激情冲动。

石竹花是低矮的、细瘦的、单薄的，不开花时，跟蒿草狼藉一气，被人无意剜掉也是常有的事。到暮春初夏，一夜之间就开花了，根茎细细瘦瘦的，风一来，晃动半天，但那薄薄的花朵，仿佛于时间之水上浮动，坦荡、笃定、倔强而矜持。倘若阳光太烈，会有些萎靡不振，那时，人也会在阳光下眩晕，急不可耐躲进屋里。可等你从屋里出来，石竹花早已焕发精神，又变得神采奕奕、大大方方、清清爽爽，连花瓣上的纹路，都耐心地一点一点绣出来。

婆婆是爱花之人，院里的蒲公英、苦麦菜、假还阳参、苦苣等野草野花此起彼伏，把人走的路遮了，她都不舍锄掉，任由它们自生自灭。她从屋里拿着盛满凉水的茶壶，颤巍巍给石竹花浇水，站在那里看半天，脸上带着欣慰的笑。她总会说，石竹花虽然小，却长得可亲，像小猫小狗。

山上也有石竹花，长在石缝里，摇摇摆摆跟你打招呼，花瓣是白色的，上有深紫的纹路，像是一块做裙子的好布料。作家张秀亚写石竹“穿着镶花边的、古典式的衣裙……将头上的日光想成一盏古铜灯”，这种诗意的描述，给开在寻常山野人家院落的石竹花罩上一层可爱而高贵的色彩。除去红白两色，石竹花还有粉色、紫色、双色等。我见过的石竹花花瓣的所有花纹似乎都是紫色的，这点紫，就像独特的标记，在石竹花家族中延续着。花瓣上有隐约紫色花纹的，还有母亲们的专属花——康乃馨，虽然它换了名字，但那圈花纹还是暴露了它石竹属成员的身份。

在村里，每家院子里都会有石竹花开，花池里不说，街口、磨道里、墙角、茅厕里都有，好像它们提前就藏在某处，只待买春风来，说长就长，说开就开。古代的人们喜欢石竹花，大约跟它不用精心培育就可开得无遮无挡有关吧。唐朝大体上是一个极其繁盛的朝代，政治、经贸、文化和日常生活诸方面都极其开放，当时妇人在服饰和装扮上也进行了一系列大胆改良，石竹花，就被她们当作佩花，跟牡丹、桃花、栀子花等一起，出现在乌云鬟间，于花钿珠翠、金石钗簪之中怒放。石竹花从暮春一直开到秋天，它在漫长的花期中忍受干旱、对生长地从不拣择的品行，让人们在喜欢它的同时也深深动容，将它美丽的姿容，画在瓷器或刻在木器上，成为人们喜爱的传统图案流传下来。现今保存的许多器具上，就有石竹花美丽的身影。它跟梅花一起成为画家们喜欢描绘的花，一个开在酷暑，一个开在严寒，生命最艰难处，它们却开得灿烂自如。三祖僧璨《信心铭》头一句就是："至道无难，唯嫌拣择。"不拣择，是生命最高境界吧。

在日本，石竹花代表品德高尚的女性，球迷对日本女足的爱称就是"石竹花"。

据说在美国，母亲节这一天，家人都会佩戴石竹花，来表达对母亲的爱和感谢。

小说《简·爱》中，有一段这样的描述，简突然闻到了罗切斯特的雪茄香味，她想："香蔷薇，青蒿，茉莉，石竹，玫瑰都早已把芳香作为晚间祭品奉献出来了。这股新的香味既不是灌木香也不是花香，而是我很熟悉的罗切斯特先生的雪茄烟的香味。"小说暴露了石竹花在英国的芳踪，看来石竹花是遍布世界的植物，无论是亚洲、北美洲还是欧洲。

最懂石竹花的，还是中国古代文人。司空曙有"一自幽山别，相逢此寺中。高低俱出叶，深浅不分丛。野蝶难争白，庭榴暗让红。谁怜芳最久，春露到秋风"的诗句。王安石也吟出这样的句子："春归幽谷始成丛，地面芬敷浅浅红。车马不临谁见赏，可怜亦解度春风。”宋人区仕衡写下：“风摇衡浦岩边凉，露结江皋叶上霜。小玉移来窗槛里，不胜愁思满潇湘。”病中的皇甫冉，看到小小的石竹，发出“那能久相伴？嗟尔滞秋风”的感叹。

夜晚来临，花池里的石竹花都闭合了，凉风吹过，花叶愈发细小。祈愿它们也会有梦，在清风明月中，在这温暖的人间大地上，开得快乐，开得长久，不受欺凌。

山楂花：从此两相忘

题 记

明月朗照，山楂树上的花，静静地落下，把我们的木墩埋了半个。

山楂树，无疑是组成我生命的必然的部分，它纠正了我以为的山楂糕、山楂条、山楂丸均是某种粮食通过结穗、磨粉、调和而成的错觉和谬误，且让我懂得，只有那样繁闹拥挤、毫无掩饰地开过花，才会结出那种鲜红饱满的果实。

在工厂，我不只见到山楂树、李子树，还见到“北方木瓜”树。许多年后，有人在城东的山上栽植了近百亩文冠果，当我驱车而至，蓦然发觉，眼前这些有一抹浅红的白色花瓣是如此熟悉。耳边竟刮起哗啦啦的山风，在深夜，山风穿过茂密的树林、高高的围墙，直接掠过“木瓜树”、山楂树、桃树、梨树和李子树，疯狂地拍打着我们的门窗，又掀起房上的瓦片，狠狠地摔下，发出刺耳的声响。第二天早上，却被食堂门前“木瓜树”下的被风吹下来的花朵惊着了。层层叠叠，毡毯般摊在地上的花瓣，从记忆深处脱骸而出，明晃晃呈在眼前。一问询，原来，这种油料植物的果实有些像木瓜，所以有人称它为“北方木瓜”。一时心里满溢着幸福和喜悦，仿佛时间重来，生命还可历经一次那样的夜晚和青春。

可惜时间不会重来，就像从工厂出来后，再没有在别处见过山楂树。前几年，工厂整修院子，那十株大大小小高高矮矮的山楂树，也成了“锯下冤魂”。那时曾想，树若有知觉，它会埋怨曾经栽种它们的人吗？会不会怀念曾经跟它度过某段时光的一些人？它能不能像人类一样，生出感激，为有生之年的某些遇见？

我最喜欢的一株山楂树不是很高，在工厂西面的角落，被五间排房挡着。比起前院那些山楂树，它似乎是被冷落了的，但它的枝叶却长得更茂密，花朵也要比别树稠密旺盛。小木匠找了两个木头墩放在下面，我便跟女伴坐在茂密的树荫下读古诗。“庭中有奇树，绿叶发华滋。攀条折其荣，将以遗所思。”“客从远方来，遗我一书札。上言长相思，下言久离别。”“人生天地间，忽如远行客。”每一首，都读得怅然若失，怆然不止，仿佛生命度到危崖之境，眼见的楼塌了，人急慌慌不知所以。年轻的邮差骑摩托进来送信，看到我们两个喊了一声，我怔忪地看着他，恍若天外来客。夜里做梦，总是要掉到河里去，河水深不见底，挣扎着一激灵翻身醒来，人慌张张、汗津津，下床到窗前，明月朗照，山楂树上的花，静静地落下，把我们的木墩埋了半个。

桌上水瓶里插过桃花、杏花，但似乎从未插过一枝山楂花。现在想想，可能跟山楂枝太硬有关？可能也不是，是我从未把山楂花当作可观赏的花而已。就像小木匠喜欢在我能看到的任何地方——柜子上、挂历上或者门把手上，甚至我的衣架边，用黑铅笔写诗一样，他把它们写在一张裁剪工整或方或圆的木片上，或立或挂在那里，每次让人生出惊喜。

一朵山楂花很小，白色花瓣边缘多有皱褶，使得每片花瓣都微微向上翘起，五个小勺子般的花瓣围裹着半透明的花蕊，花蕊上的花药刚开始是浅色的，渐渐就变黑了，仿佛长成一只眼。一朵山楂花给人的感觉是弱小的，那“眼神”也是可忽略的。但山楂花并不喜欢单独生长，它们总像约好了似的，一齐从叶片中努出来，于是，我们眼前的山楂花，总是成群的、成簇的，一簇山楂花就有一堆小黑眼睛，如果你跟一堆眼睛对视，输的肯定是你。我从不敢凝望那些花朵，所以也很少一个人坐在山楂树下面。那种如坐针毡的感觉，让我无法忍受，甚至会躲避。倘若是两个人就不一样了，仿佛有了同盟，有了底气。有一天突然就明白了，山楂花也是年轻害羞的花呀，所以才成丛成簇成群成伙地盛开，试图躲避一些艰难，逃开一些欺凌，保留几分尊严。就像年轻的我们一样。

再没有机会坐在山楂树下，回忆心酸而甜蜜的青春往事了，更没有跟当时那些人重聚的可能。我们曾是彼此的星辰和大海，如今却很少想起对方。就像山楂树的花全部掉落后，我们不再去理会它，也从未察觉它在什么时候结了果，什么时候又被山风吹落。直到天空落下飞雪，我们在雪地里奔跑、撒野，偶尔抬头，才看到红红的山楂果上，顶着一顶皑皑的白帽子，调皮而悲切。

蒲公英：飞花轻似梦

题记

蒲公英，多好听的名字啊，仿佛带着触目的色彩，有阳光，有雨水，有空气，当然也有尘埃。

村里小孩，很早就被大人带着去水边、地头与逃窜的小动物碰面，大人还将沟梁、地边茂密或稀疏的植物指认给你，仿佛这些东西，像邻里和亲戚，是你生命的组成部分。

大人喜欢做游戏，将一把针撒到地上，让一群小闺女去捡。原本灵活的手指，面对一根根细小银针，突然变得僵硬无比，一方面有害怕被针扎的恐惧，另一方面又有将它捡起的急迫欲望。她们兴高采烈地举起指间的针呈给大人，并得到夸赞。我总是那个最后捡到针的人，大人意味深长地扯开脸上的肌肉，做出一个笑的表情。在村里，能够在第一时间捏起针的小孩，被大人赋予心灵手巧的预言。那时，我仿佛看到自己未来的样子，笨拙的、愚钝的，甚至脑海中浮现一张放大了的想哭的脸庞。

我们成群结队，过河去剜草。为掩饰自己不认识兔草的尴尬，我总是去其他小孩去过的草地。但我剜的满满一筐兔草并不都适合兔子吃，里面有一些我不认识的、兔子不喜欢吃的，也或许有毒的草。每次回来，家人会对这筐里的草进行拣择，来保证兔子的安全。经过拣择，我的筐里只剩下了三种草——俗名没根窝、燕儿衣、甜苣菜。我无法分辨它们。没根窝和燕儿衣都有黄色的花朵；没根窝和甜苣菜都有相似的叶片，像小羽毛，有锯齿，叶尖带一个小钩。

有一天村里放电影，电影里一个小女孩将没根窝结出的绒球吹开，五彩的星星缀满银幕，优美好听的背景音乐响起。我初次知道，原来没根窝的学名叫蒲公英。蒲公英，多好听的名字啊，仿佛带着触目的色彩，有阳光，有雨水，有空气，当然也有尘埃。它的花那么小，但又那么多。有一次穿过树林，爬上坡梁，面前出现一大片黄色的花朵。阳光暖暖地打在花朵上，每一朵花，都像被镶了金边般，快乐地微微摇动，那时，一群小闺女呆呆地看着眼前的一切，忘了自己的存在和被大人安排的任务。

一次，祖母的眼睛一夜之间肿起来，第二天，她把蒲公英连根带叶洗净，放到锅里煮，煮好了，喝一碗，余下的倒在盆里，用来洗眼睛。我的舌头上起泡泡，不能吃饭喝汤，她也给我煮了一碗蒲公英水，让我喝。邻居爷爷脖子上突现一个大疙瘩，人们说那叫火疖子，不只要喝蒲公英的汤，还要将蒲公英的根捣碎，敷在上面，半个月没到，好了。没根窝仿佛菩萨布施给人间的神药，因为有它，村里人过得悠闲笃定。

许多年后，我又遇见蒲公英，星星般的花朵，缀满山坡，在阳光下，整个山坡变得那么耀眼，又那么明亮，微风中，蒲公英摇摆着细细小小的身躯，令人愉悦，令人悸动。蒲公英，就是长在童年土壤里的植物，带着单纯、隐忍、温暖的光芒，长久地照耀着我们随风飘逝、居无定所的生命和记忆。朋友蹲下，边剜边说，要做蒲公英茶、蒲公英酒、蒲公英菜、蒲公英汤。原来并不是只有我有蒲公英情结，怕是很多从农村出来的孩子，对它，都有一种说不清道不明的亲切和依赖感吧。烈日炎炎，夏天漫长难熬，有了蒲公英，舒适安心得多。

这次，我终于分清了没根窝、燕儿衣和甜苣菜。没根窝是清火药，花比燕儿衣略微大些，花朵凋谢后，会长出白色绒球，它是少见的会飞的种子。燕儿衣是兔子最喜欢吃的草，也是黄花，但更小、更单薄，它的叶尾宽大，呈圆形，头部渐尖，略长。甜苣菜是菜，不开花，叶长条，呈锯齿状，人们将它凉拌或者做酸菜。

那天，我跟朋友在山坡上待了好久，晒太阳，聊天，剜两兜蒲公英回来，将它们洗净，晾干，放在罐子里，宝贝似的藏起。

绣线菊：素缕紫花心

题记

粉色的绣线菊看起来要娇嫩很多，感觉跟白色的绣线菊在气质上有很大不同。

夏天，通往南村的路上，悬着白洼洼的花，远远瞭去，好像一片又一片的云从天上掉下来了。那就是绣线菊。以前村里人多不识字，便也不知它有如此体面的名字，依旧沿用老辈人传下来的名字喊它——黑缠梢。黑缠梢的花朵不大，倘若你摘一朵下来，也不过指肚大小，但每个小小的花瓣上，不知怎的，都点着一个触目的灰黑点，有种怪异、不洁之感。那时天憋得通红，大地上似布满白焰，半月二十天也没着雨星了，庄稼蔫蔫的，树叶都耷拉着，只有黑缠梢，顶着腾腾的尘土，开得热闹又繁密，茂盛而精神，一朵叠一朵，一朵挤一朵，好像老天与它们无干。那些开在春天，又好看又好闻的花朵都谢了，我们眼里，便只剩下了黑缠梢。小闺女臭美，想去摘几朵回来。但大人们警告，绝不能打黑缠梢的主意，不要说你摘它的花，甚至只要走近它，花瓣上的黑点就会窜到你身上变成麻子。

花妮是村里待嫁的闺女，身体结实，一张向日葵般的圆脸上，缀满深浅不一的麻子，莫非，那就是摘黑缠梢花朵的后果？已经和她订婚的男人，谁料有一天却来退亲。花妮的大脸被泪水冲得红彤彤的，那些密密的麻子并未被泪水冲淡，相反，它们的颜色更深了，她的脸看起来像一块砂石。

有段时间，我们去南村供销社买东西，整条路上黑缠梢的花朵开得不依不饶，我们努力使自己离它们远点，再远点，可是，左面路边是它，右面崖边也是它，只能缩着身子走在路中间。阳光像一个放大镜，似乎要将我们点燃，冒出黑烟。黑缠梢不能沾，警告渐渐变成圭臬，小闺女们胆小，从不敢打破。但男孩子是不怕黑缠梢窜到皮肤上的，他们爬到崖边上，伸手去摘那些白花，哇哇大叫起来，说黑缠梢上长满了针刺，一碰到身子，就会被刺得生疼。于是，他们就拿棍子乱打，砰砰砰，砰砰砰，打下来的花变成一堆雪，抬头看树，还是白洼洼的一片，仿佛它们是打不死打不完的。那些淘气的男孩子只能带着遗憾去追逐一只大鸟，直到那只鸟变成天空上的一个黑点子。

我离开村庄后，就很少见到黑缠梢了。有一年随同事在山上检查，又见到黑缠梢，想起小时候的事，便问同事，“它的学名叫什么?”同事说，“它叫绣线菊。绣花的绣，绣花线的线，菊花的菊”。不觉莞尔。年少的人是多么无邪啊，不怀疑，也不反驳，就那样透明地活着，说一是一，说二是二。走不远，又遇见一蓬粉色碎花，叶子也像黑缠梢。同事说，“这也是绣线菊”。继续往山顶走，烈日下，除去黄色的小野菊，眼里的花，就剩下白的粉的绣线菊了。粉色的绣线菊看起来要娇嫩很多，感觉跟白色的绣线菊在气质上有很大不同。白色的更硬朗，仿佛风尘仆仆的男子；粉色的更娇俏，倒像未出阁的闺女。我们在山顶上遇见了白皑皑的珍珠梅，披散在大石头上。同事一笑说，“这也是绣线菊哦”。

同事问，“你知道山上为什么这么多绣线菊吗?”

我摇头。

“绣线菊是适应力很强的植物，既耐干旱，也耐严寒，栽到哪里都会开花，活得长久。古时绣线菊曾作为一味药材，用于治疗关节炎和风湿病。现在的阿司匹林，其命名是为了纪念水杨酸和绣线菊属植物的关系。”

如此一说，倒让我对绣线菊多了几分好奇。低下头第一次认真去端详绣线菊，每朵花，真的像用丝线绣出般玲珑而又分明，它的花盘，花瓣，花瓣上认真的一点，都有独特的美意。想起余光中的诗，“如果有两个情人一样美一样的可怜/让我选有雀斑的一个/迷人全在那么一点点”。

看来，小时候是被大人哄骗了。又一想，也许大人怕黑缠梢扎疼我们，加上它长在悬崖石缝，采摘极其危险，才用那样一个谎言来搪塞和威胁小孩的吧？可是，花妮的麻子呢？

几十年过去了，现如今村里只剩下寥寥几个老人，他们或许也会偶尔拄着拐去南村也不一定。当他们走在白洼洼的黑缠梢花下面，会不会想起曾拿这些植物吓唬过小孩呢？

木槿：花是深红叶麴尘

题记

有女同车，颜如舜华。将翱将翔，佩玉琼琚。彼美孟姜，洵美且都。

第一次被木槿惊到，是在去往石家庄的火车上。穿过一座山的距离，在地图上基本可以忽略，却让植物品种变化得如此个性鲜明。那天下着细雨，上车时还有微微凉意，因为细雨的缘故，水神山顶氤氲着薄雾，似乎隐约可见山间暗金色的神像，风姿在薄雾中影影绰绰。列车钻出太行山隧道，越往东走，粮田越拥挤，绿意越浓烈，列车拐个弯，抬眼便见一丛丛绿植上缀满红色的花朵，扑面而来，迅速被列车抛远，又一丛却在不远的拐弯处再次呈现。一时感觉铁轨是被那些密密的花朵迎接和拥抱着的，而我们，这些来自黄土高原的人，显然也是被这座城市所迎接的，在这里，树木花朵，街道桥梁，人和车辆都是喜欢并接纳着你的。

直到走在大街上我还在想象那些花朵的模样，并急切地盼望知晓它们的名字。很快，我就看到了它们，作为行道树的一种，被夹在栾树和法桐中间，欢快地开着，一朵挤着一朵，一朵碰着一朵。忍不住去问询，原来它们是木槿。

蓦然想起《诗经》里的句子："有女同车，颜如舜华。将翱将翔，佩玉琼琚。彼美孟姜，洵美且都。有女同行，颜如舜英。将翱将翔，佩玉将将。彼美孟姜，德音不忘。"这里面的舜，便是木槿。一个像舜一样美好而带有香味的姑娘，原来就是眼前这些花朵的模样啊，薄薄的花瓣，娇嫩的粉紫色，在雨里，颤巍巍的，羞答答的，十七八岁的样子，有种洁净而青春的美。

再一次见木槿，是在寺院里。也是细雨中。牡丹芍药都谢了，浅色的月季开罢一茬，又一些正含苞等待，只有木槿树在开花，在栏杆里，在僧舍前，在大殿背面，在一些角落里，开得沉静而寂寥，仿佛整个世界于它毫无牵挂，任尔来去，无问西东。

实在是喜欢木槿的气韵，隔年便讨了两株回来。楼房没地方栽，把两个大花缸里装了两袋土，将两株木槿栽在露台上，跟一缸睡莲、几尾小鱼，一两丛爬山虎、刺玫、薄荷和鸢尾相伴，再加上两只文鸟和一只黑色的红嘴鸟，心里有某种自足，觉得木槿就像心愿里最硕大、最饱满、最极致的那个部分，实现时有无法言说的喜悦。

又一年夏至，清晨去喂鸟，便见木槿树上结了花苞，像小孩的手指从袖子里剥出，指着我。一时高兴，叫了一声，把候在窗外前来吃食的鸽子和斑鸠吓得飞走了。

木槿花花开的过程让我心酸了许久。第一朵花早上开了，中午最饱满完整好看，到下午，花瓣蔫蔫的、软软的，像生病的人，晚上，它便萎成难看的花尸。一些花尸来不及掉下，留恋枝条上的好，会停一天，然后再落下来。有时花尸又有暴脾气，花瓣一旦萎缩，便决绝地迅速凋落。好在第二天，花尸旁边的又一朵花开了，远不止，还有更新的苞蕾不断冲破花尸群涌出来，仿佛在用新生遮盖不甘和苦难的命运。我习惯坐在藤椅上，在黄昏朦胧的光线里，去仔细聆听木槿花掉落的声音，轻的、静的，像心跳，像泪珠滚落。心悸不止，又有释然。或许它们是有来生的吧，明天的花朵之中，是否有它今日的记忆？我们曾以为从未变化的一树木槿花，其实每天都是不同的，今天是你，明天是我。看起来开得轰轰烈烈，其实都是假象，花已非花，此已为彼，各个相顾，各个不识。每天都有花朵在凋落，死去，每天都有花朵在诞生，这样看木槿花，觉得又像看自己，青年壮年老年，早上中午晚上，生命短暂，仿佛一天。

据说上古帝王虞舜，特别喜欢木槿花，当年移居负夏后，将木槿移植到新城。木槿枝繁叶茂，繁花似锦，堪称当时的国花，或许，《诗经》里的舜华就出于此？如今韩国、马来西亚植有大量木槿，人们都把它当成国花。用一朵花来代表一个国家的气质和风韵，似乎有些牵强，也许他们是懂得木槿的，更能时刻感受万物如刍狗，白驹过隙，人生迅忽转瞬即逝，才会用一朵花来督促和提醒自己，要更努力，更用力，更珍惜当下的一切。

天下最懂木槿花者，当属李渔。他曾写《木槿》："木槿朝开而暮落，其为生也良苦。"有人说这花朵与其迅速凋零，还不如不开。但上天造物，自有道理，万物皆有万物的命运。一朵花，就是一个人，花一日，人百年。人看人的百年，觉得很久，看花的一天，却尤觉短暂。人花同理，人以为一百年很长，会不会花也以为一日很长呢？——无一日不落之花，无百年不死之人。花开花落之期虽然短暂，但还有不变之数，朝开暮落的花，一定不会奢望变成朝开午落、午开暮落的；可是人的生死，却没有定数，有的人，在很年轻的时候就会死去，还有的在百年的一半或百年的二三成会死。所以花落的时间可以预知，人死却不能。假若人跟花一样，知道晚上一定会凋谢，那么人就可以更从容地安排生前身后之事，当然这是不可能的，这就是人不能成为花的缘由。

人若如花，花亦快意。每次读李渔此文，便恨人不如花。

好几年了，两株木槿细细瘦瘦地伴着我，朝开暮落，从容不迫。灿烂地生，决绝地死，不留恋，不幻想，这就是木槿，一朵花活出了风骨。

喇叭花：风烟入眼俱成趣

题记

每到盛夏，牵牛花便开始蔓延，田间地头、山间草坡自不用说，村道两边、家院门口，连我家花盆底下都冒出一弯藤蔓，缠缠绕绕。

邻国日本将牵牛花唤作“朝颜”，与之对应的还有夕颜。朝颜作为“秋七草”之一，是日本文学作品中常见的意象。《源氏物语》里，有叫朝颜的女子，极有主见，多次拒绝源氏的求爱，这种风度让源氏念念难忘，赠诗给她：“久别无由见，花容减色无?”据说牵牛花是由遣唐使从中国带回日本的，渐渐地，后来居上独占“朝颜”之名，在此之前，日本人将多种早晨盛开的花，比如木槿、牵牛花、桔梗，都命名为朝颜。

西太行的人们更喜欢喇叭花这个名字，牵牛花倒是不常用。小孩在书上看到“牵牛”这个学名，为自己获得知识而高兴，他会纠正大人们的叫法，说这是牵牛花，不是喇叭花。然而人在渐渐长大的过程中，终究逐渐学会敷衍和妥协，过不了几年，他也会跟大人们一样，免去文绉绉的学名，而直接叫它们喇叭花。老一点的人，吝啬到连喇叭花都懒得叫，出来进去，老眼一瞥，喊它们黑丑白丑，蓝花叫黑丑，粉花叫白丑。乡下人愚钝，总以为老天喜欢好看的人和物，小孩出生，就取“狗不理”“不稀罕”之类的名字，用来避开老天的注意，为了在人间活得健壮长久。一朵花名也来这样忌讳，倒让人觉得很奇怪。但没人追究，民风乡俗，历来就在合理跟不合理之间摇摆，真真假假，假假真真。

有次在中医的药方上看到了黑丑白丑，才知道黑丑白丑并不是老人们杜撰出来的。药圣李时珍《本草纲目》里写道，牵牛子，“近人隐其名为黑丑，白者为白丑，盖以丑属牛也。金铃象子形，盆甑、狗耳象叶形。”李时珍还引用南朝陶弘景之说：“此药始出田野人牵牛谢药，故以之名。”传说牵牛入药效果奇特，人们用了药到病除，为感谢此花，便将耕牛牵到花前作为答谢，所以叫作牵牛花，“丑属牛”。听起来倒不像真的，笑话一般。

每到盛夏，牵牛花便开始蔓延，田间地头、山间草坡自不用说，村道两边、家院门口，连我家花盆底下都冒出一弯藤蔓，缠缠绕绕。某天清晨，柳叶桃的果实中间就开出了蓝色的牵牛花。倘若你试图将那些藤蔓扯开、拉断，基本是徒劳的。就算扯断了，不久便又会长出，这植物，柔韧，繁盛，比世上的人活得硬气，所以就该比世上的人还繁多。

七夕前后，天渐渐凉爽，牵牛花一夜之间收到特赦令似的，开得无遮无挡。有一年我家院墙上密匝匝吊满了牵牛花，一到早上，满墙粉粉蓝蓝，连厕所里都是。午后竟然能在墙根乘凉。当黄昏降临，蛐蛐就开始在花丛里唧唧吱吱唱歌了。小时候过七夕，除去捡针，还会在葡萄架下偷听牛郎织女说话，夜里，葡萄架上都是闭合的牵牛花，浓密的叶会在微风中轻轻颤抖。

日本许多人都将朝颜入文。江户时代女诗人加贺千代写过这样的俳句：“井边柳罐挂，朝颜蔓儿爬满了，提水到邻家。”禅师松永贞德也有咏朝颜的俳句：“辰光只开一刻钟，但比千年松，并无甚不同。”清少纳言《枕草子》：“夕颜与朝颜相似，两者往往放在一起来说，花开也很有趣味，可是那果实的可憎模样，这是很可惜的事。”想来是她不了解白丑黑丑是良药的缘故。

比起来，另一位日本作家志贺直哉就很智慧，他种了十几年牵牛花，并不用来赏看，直接拿来做药用：蚊蚋之流自不必说，蜈蚣也好，黄蜂也罢，都非常奏效。

这我倒是没试过。我是比较遭蚊子咬的，人说甜皮苦命，甜皮就是蚊子喜欢的，小时候常被咬得伤痕累累。近几年好点，一来住宿条件改善，窗口密封好了；二来花露水、驱蚊器轮番上阵，多少也起了作用。后来便怀疑是自己老了。祖母曾经说，人老了皮就厚了。感觉人就跟植物差不多，老了，就硬了、僵了，不敏感了，这样子的自己，连自己也不喜欢了，莫说是蚊子了。前段时间去新疆，被蚊子围攻，一会儿工夫，蚊子不只在裸露的四肢叮咬，而且透过衣物，直接叮咬被包裹的皮肤，它们快乐极了。晚上回来，镜子里看见前胸后背全是包，想起志贺直哉的方子是这样的，取朝颜三四片叶子，在两只手掌中间揉一会儿，便有黏黏糊糊的汁液流出来。将其与叶子一起，擦在被叮咬处，痒痛即刻止住。

人是很奇怪的物种，凡事都喜欢投入，就像志贺直哉跟牵牛花一样，虽然也没有觉得它们多美丽，甚至几乎不去搭理它们，只是将它们当常备药，但相处久了，竟也生出了情谊，仿佛是自己养了一条心爱的犬。有一次他去看孙女，临走时心下动念，掐了几朵牵牛花，说是给孙女做压花材料用的，其实是将自己最好的东西送出去了。

今年干旱，园子里花草稀疏，前日雨后出门，见稀疏的草地上，牵牛花小小的，零零散散地开着，蹲下来看了好久。“竹引牵牛花满街，疏篱茅舍月光筛。……休懊恼，且开怀，平生赢得笑颜开。三千里地无知己，十万军中挂印来。”人间再闹、再冷、再旱，都要开，真是好花。

合欢：入骨相思知不知

题记

莫看花开时间一个多月，其实一朵花也就开一天，到了夜里，落下来。早上起来，一地残花。

村庄的烟火，在傍晚时稠密浓郁，那种勾起记忆和食欲的柴薪味，让人饥肠辘辘，恨不能闯进人家要一碗饭，来安抚自己久别童年和村庄的缺憾。蹲在门口的人们聊得热火朝天，饭吃得格外香甜，猛然间见巷口出现两个人，便被唬住不说话了，有人低头吃饭，有人饭也不吃，就那样端着碗，愣怔怔地看我们走过，让我也生出几分尴尬。就这样沿着一条窄巷子走了一会儿，出口处，头发被刮了一下，抬头，夜色晦暗，直觉是一枝花。再仔细端详，念头一闪，心中暗诧，莫不是——“合欢!”身边人早走出一大截，扭转回来催促。

回家还在念叨，那是合欢啊。

他便否定，这么多年，谁在盂县见过一棵合欢树？你大约是生幻觉了。

我见过合欢的照片。那种碎碎的花，特别像合欢。

明天再去看看不就行了。

明天，又要急着上班，材料堆积，数据成山，忙忙碌碌，说的是明天，整整一年便过去了。无数次提起合欢，无数次被否定，渐渐对自己的记忆和辨识能力产生怀疑。

直到来年清闲无事，我们又去爬山，说起合欢，傍晚下山时就循着原路拐进村庄。

走了两条巷子，问询乘凉的村民，不要说见到合欢树，甚至听都没听说过村里还有这种花树。心里打退堂鼓，肯定自己当日就是灵魂出窍，做了场荒唐大梦而已。蓦地又想起好像合欢树长在一面斜坡上，便往北面高处走。人有时很奇怪，明明撞了南墙，退回来，却灵巧许多，竟仿佛掌握了一窍通时百窍通的门道。时间仿佛回到当日，敲我头的那条树枝上，端端立着无数的合欢花，碎碎的，扇骨一样张开。两人站在合欢树下，仰着头，傻傻地笑。

他喃喃道，原来是真的哦，真的哦。

树下坐着一个婆婆，笑吟吟说，这株合欢树有二三十年了，也忘了是从哪里讨来的树苗。又说，你们来迟了，要是白天来，树叶是平展的，不像现在你们看见的叶子，都抽抽着，合起来了，早几天来，赶上花繁，不用上坡，在坡下就能闻到花香，那香气，跟别的花不一样。

这树合抱大约六七十厘米粗，不是很高，但树冠稠密，枝条披散开来，一些搭在婆婆家的院墙，另一些展开大片阴凉。细细的风来，碎碎的花从树叶间掉下来，掉下来的花都缩在一起，变成了褐黄色。见我蹲下，婆婆又说，“莫看花开时间一个多月，其实一朵花也就开一天，到了夜里，落下来。早上起来，一地残花。昨天开花的地方，什么也看不见了，昨天没花的地方，又开出了新的花”。

史铁生曾写过合欢树，他母亲无意间种下一株合欢树，不等开花便搬家了。好几年过去，搬离了母亲处的史铁生偶遇邻居，说起那株合欢树，邻居说合欢树开花了。史铁生便摇着轮椅回去，可惜因为过道太窄的缘故，他终是没能走进院子，亲眼看看母亲种下的合欢树。阴阳相隔，人已两散，如此花树，不过念想。

金人元好问有一首《江城子》，里面提到了合欢：

仙家说有瑞云枝。瑞云枝，似琼儿。

向道相思、无路莫相思。

枉绣合欢花样子，何日是、合欢时。

合欢树，是团圆树，喻示亲人和睦，合家团聚。古时人们喜欢将吉祥图案刻在物件上，比如，蝙蝠寓意福到，如果跟铜钱组合，就是福在眼前，跟桃子组合，就是五福捧寿，等等。事物一旦被赋予特定含义，它就会变得喜气而吉祥，仿佛生活就向着这样明媚的明天过下去了。所以合欢图案也常被古人用在一些扇面或摆盘上。我见过最好看的合欢图，是一款明青花插瓶上，跟鱼鳞状的萱草相配，细小的叶子对称组成小枝，再由若干小枝组成圆形，整个图案圆圆满满，喜气祥和。

合欢花性平味甘，有解郁安神的功效，可以养心安神。《红楼梦》里的螃蟹宴，黛玉不敢多吃，一个人拿着鱼竿钓鱼，无聊至极，放下钓竿，走至座间，拿起那乌银梅花自斟壶来，拣了一个小小的海棠冻石蕉叶杯。丫鬟看见，要替她斟。黛玉阻止："你们只管吃去，让我自斟，这才有趣儿。"说着便斟了半盏，一看，却是黄酒，便道："我吃了一点子螃蟹，觉得心口微微的疼，须得热热的喝口烧酒。"宝玉忙道："有烧酒。"便令将那合欢花浸的酒烫一壶来。黛玉只吃了一口就放下了。如果黛玉多吃几口合欢酒，会不会，跟宝玉的缘分就合欢了呢？

天色大暗，影影绰绰的合欢枝上，已看不清何处是花。不舍离开。婆婆大约看出我的喜爱，便说，我有新插的一枝合欢，送你吧。

我捧着刚刚生根的合欢枝，在夜色中，喜滋滋地回家了。

倒挂金钟：一枝金钟凭借暖

题记

养活一盆倒挂金钟，是多么不易的事啊。

深秋，北风穿过温河滞缓的流水，跃过收割后光秃秃的田地，吹开墙头将枯未枯的蒿草，窜入我家院子时，柳叶桃、月月榴、夜合梅、玻璃翠、石竹花……所有这些花已次第开尽。祖母将栽在瓦盆、小瓮和破砂锅里的花叶修剪一番，搬回窑洞里，这些端坐在窗台、长条凳子上和盘踞在院里地下的花们，神色倦怠，枝叶松散，不过几天，它们便会迎来漫长沉寂的冬季。

到了此时，恍然若失，再回头，便看到倒挂金钟的好。那种好，是众花开尽我还开的冷静和傲气，仿佛几千年前的屈子，举世皆浊我独清，众人皆醉我独醒。当然，它也有骄傲的资本，异于旁花的姿态，似乎永开不败的花期，让祖母更偏爱欢喜，不只给它一个黑釉瓷盆来扎根，还会根据阳光的角度移动它的位置，常常早上它在凳子上，中午就会出现在炕桌上，到了下午，它会将窑洞唯一的一面玻璃挡住。

村里人都知道，我家有一株永开不败的花，还说我祖母有栽花的命，有随手插枝便开花的本领。每年春天，来自本村和外村的妇人，会扭扭捏捏敲开我家大门，向祖母讨一枝倒挂金钟的花枝。对于讨花的人，祖母来者不拒，她说花跟人一样，开枝散叶，都是命数。妇人们笑吟吟遵嘱将倒挂金钟的小枝插到水里，在等待它生根的过程中，幻想自己也会拥有一盆像我家一样常年不败的倒挂金钟。但愿望总与现实相悖，有人插在水里的枝条，没有生根就烂掉了；有的勉强生根，栽到盆里，不日也萎成一根细茎；当然，也有人养活了并如期看到了花开，但那种喜悦并没有延续更长时间，到了秋后，花突然就再也不开了。这时候，她们才明白，养活一盆倒挂金钟，是多么不易的事啊。当那些妇人怀着惋惜的心情，有意无意地来看我家的倒挂金钟时，她们眼里的羡慕神情一点都没减弱，看到祖母新插了花，又满怀希望等待来年了。

祖母精心用小剪子修剪倒挂金钟的花枝，那些旁逸出来的，长势不尽如人意的，或者长得太猛太快的枝条，都会被剪掉，留下的花枝，总是安安静静在冬日阳光里垂着头开花。

我从未在意这花的名字，直到有一次父亲回来，带给祖母两包金钟牌香烟，看到烟盒上金色的小钟，方才醒悟，原来世上真是有金钟的呀。村里人将废纸浸泡后，捣成纸泥，糊在方形或圆形的石头上晒干，揭下来，就是一个容器。女人们爱漂亮，容器外面便贴了一层花花绿绿的烟盒纸。有一次在磨面房看到一个纸笸箩，上面贴的全是金钟烟纸，一层金色的小钟，下面又一层，再下还有一层，那种感觉，就像那些小钟全都要晃动起来了，发出清脆而繁杂的声音。

再看倒挂金钟，便觉得有意思了，花垂下来，似乎努力在靠近什么东西，又倔强又自尊的样子。是啊，当所有花都向着阳光努力绽放自己的花容月貌时，只有倒挂金钟低着头默默开，仿佛世间所有均与己无干，它只开自己的花，生长，凋谢，再生长，再凋谢。

有一次在外地，遇见一对倒挂金钟帐钩，是一件老物件。因它有这样的名字，端详了许久。如果祖母养种的倒挂金钟能做成千年不谢的标本，存放于某处，那该多好。

前年，偶然去了一个古村，村里破败，不见人，沿路往深处走，碰到一只蹦蹦跳跳的小黑犬，水一样的眼睛中全是欢喜。那犬带我去了一户人家，只一间石窑，窗棂黝黑，门上却挂了一个绣花的门帘。这是一户没有院子的人家，一截矮矮的石墙上，摆着一溜儿大大小小的破花盆，正开着红的、紫的、黄的花。一眼看到倒挂金钟，一朵朵花向下垂挂。我便惊叫起来。门帘里走出一个老婆婆，我差一点就要喊出来。一开口，她却是外乡人。

她这个外乡人嫁过来五六十年了，却乡音未改，只是将他乡作了今生的故乡。见我盯着那盆花，便问，客人不认识这花吧，叫倒挂金钟，照料得好，花开不败。

嗯，花开不败？身边人好奇地问。

这世上是有这样的花的。我说。

祖母过世的那年冬天，家里的那些花都败了，连院子里的梨树都没结果，那盆倒挂金钟勉强度过一个冬天，第二年春暖，也败了。人如花又不是花。世界上有开不败的花，却没有败不了的人。

指甲花：一夜深红透

题记

十个红指甲，像十个小灯笼，上上下下地穿梭，晃人眼。

那时村里女子很少涂脂抹粉，只有一瓶雪花膏，洗完脸擦一点。早上，在街巷里碰到任何一个女人，她都是香喷喷的。等晚上她们出工回来，身上便被泥土和草木的气味浸染了。她们混迹在男人中间，根本察觉不出谁是早上那个香喷喷的人。擦手油装在贝壳形状的容器里出售，我们叫“海贝油”，但大部分女人都不舍得买。就像香皂只能用来洗脸一样，她们洗手用白色的鸟雀粪便，润手就用猪皮上残留的油。

结香是我们村第一个穿的确良衣服的女人，因为家境富裕，她可以不下地干活，她的院子，就成为我们这些小闺女聚集的地方，一来她和气大方，不像其他大人那样限制我们，二来她家栽了一院子的花，不只有我们常见的花，还有一些来自城市的品种，比如吊兰、文竹之类不见开花的植物，当然也有蝴蝶兰、百合之类比较稀见的花。

她喜欢将凤仙花的花瓣掰下来，捣烂，加明矾，抹在指甲上。我们去了，她的十个指甲上都覆着薄薄的蒜皮。我们问她，这是在干啥？她说在染指甲，你们等着看吧，我的白指甲马上就变成红指甲了。我们诧异极了。不过，这种诧异根本不能跟第二天的诧异相提并论。第二天，我们早早起来，胡乱地吃过早饭，便往她家跑。她香喷喷地坐在檐下，正在绣花，十个红指甲，像十个小灯笼，上上下下地穿梭，晃人眼。

直到檐前被日头晒满，人不得不到柳叶桃下蹲坐，她才停下来，笑嘻嘻地对着一双双羡慕的目光，问，好看吧？两个小虎牙，闪着白光。一时便央求她也给我们染个红指甲玩玩。

染了红指甲的小闺女，都变得喜滋滋的，人也胆大了许多。

端着两只手回家的路上，无论碰到谁，都会炫耀，看我的指甲！有妇人来找，问询染指甲的技巧，怎样能让红色保持得更长久。倘若正好有功夫，妇人便会央求她替自己染一回。她熟门熟路，关键是有专门捣花瓣的器具，一个小小的瓷碟子，残留的红色汁液，让那个碟子看起来好看极了。

染指甲那天，包括其后的几天，小闺女们基本不洗手，生怕不小心将红色褪掉。但家里要做营生，做饭洗碗，洗衣裳，过不了两日，指甲上就斑斑驳驳的。

不久村里放电影《城南旧事》，“疯女人”给英子染指甲的镜头深深地烙印在我们心里，因为“疯女人”不只有跟结香一般样的碟子和指甲花，还有跟“疯女人”一样的技艺。没等到第二天，村里男女都开始耻笑结香的红指甲，好像那不是常人的样子。但她照样跟以往一样，每天香喷喷的，那个早已用空的昂贵的擦手油的小圆铁盒依旧在裤兜里若隐若现，手上的红指甲，掉了再染。她的男人带回了一袋紫罗兰香粉，后来，她脸上淡淡的雀斑便不见了，身上的香气，也变得浓郁而悠长。那时，小闺女们又聚到她身边，求她捣点花泥，盖在自己的指甲上。

许多年后，我开了个小店，其中一项业务就是美甲。跟小时候用花朵取色染甲不同，化学药剂能使颜色更加持久明亮。美甲工序也变得极为繁复，需近两个小时，才能将一双手装饰完，如果客人要点缀亮片之类，用时会更长。美甲已成为许多女人生活中不可或缺的一件事，甚至指甲的形状和颜色都被赋予不同的意义，一些女孩子将心愿都寄托在十指尖尖上，也是件有意思的事。

指甲花，大名凤仙花，是极易活的花。自夏至秋，开谢相续。有意思的是，它又叫急性子花，据说，如果肉太硬，煮肉时投几颗凤仙花种子入锅，肉马上就软烂了。也是，如果它性缓，那得让我们等多久，才能看到自己的指甲变红呀。性子急的人，做事果断，想来植物也如此。

《燕京岁时记》有记载：“凤仙花即透骨草，又名指甲草。五月花开之候，闺阁儿女取而捣之，以染指甲，鲜红透骨，经年乃消。”当然，这里有夸大的成分。《红楼梦》第三十五回就有史湘云、平儿、香菱在山石边掐凤仙花的情节，后面到了五十一回，晴雯生病，请了大夫来看病，晴雯从幔中伸出手去，那手上有两根指甲，“足有二三寸长，尚有金凤仙花染的通红的痕迹”。凤仙花染过的指甲，开始时颜色很淡，据说连染三五次后，“其色若胭脂，洗涤不去，可经旬”。

历代诗人也留下许多写凤仙花的诗句，唐代李贺写有《宫娃歌》，“蜡光高悬照纱空，花房夜捣红守宫”，女子天生爱美，可见一斑。元代陆琇卿有首《醉花阴》：“曲阑凤子花开后， 捣入金盆瘦。银甲暂教除， 染上春纤， 一夜深红透。”深红透，那红，到了皮，到了心，又入了骨，仿佛万年知己。

当然，也有不喜凤仙花的人，比如李渔，他在《闲情偶寄》里竟然这样说：“凤仙，极贱之花，只宜点缀篱落，若云备染指甲之用，则大谬矣。纤纤玉指，妙在无瑕，一染猩红，便称俗物。况所染之红，又不能尽在指甲，势必连肌带肉而丹之。迨肌肉褪清之后，指甲又不能全红，渐长渐退，而成欲谢之花矣。始作俑者，其俗物乎？”不过，世人千万，便有千面千心，际遇不同，喜好也不同。雅也罢，俗也罢，都是人类自以为是，花是不管不顾，自开自落。凤仙花，如今，还是民间喜爱的花。

曼陀罗：秋风不吹天上香

题 记

它像是最笃定的守候者，肩负着传递人间和阴间隐秘而绵长讯息的职责。

我家以前养过猫，妹妹是专职饲猫者。猫，夜来出行，黎明返回，行事诡秘，即便家人，都时时防备。白天睡醒后，要么上房巡视，要么遁地勘察，独来独往，一副清高冷漠不合群的样子。村里人总爱说，狗忠猫奸，还传说，猫有九命，老来成精，我便觉得猫有妖气，不大喜欢。夏天晚上，一家人在门外乘凉，猫从茂密的草丛里钻出来，不声不响，两只眼睛却贼亮，真是吓人。最吓人的是冬天夜里它从外面回来，钻到你热烘烘的被子里时又冷又痒的感觉。当然，这样的时候很少，除非我跟妹妹交换睡觉位置。我有点恐惧这种悄无声息的靠近，让人猝不及防。来年秋天，它当了妈妈，它把孩子养在柜子下面，任妹妹怎样唤它，都不理不睬，甚至给它喂食，它都“猫视眈眈”，眼神极其凶狠锐利。它的两个猫崽我并未见过，只能听到细细的哇呜声。有一天全家人都在外面，它也出门了，猫崽却被邻家的猫叼了去。等我们在门外榆树下发觉时，猫崽身体已经僵硬，大猫盯着猫崽的尸体凄厉地号叫，妹妹跑过去也号啕大哭。秋风中飘荡着庄稼成熟的味道。后来猫便叼着它的孩子跳进了草丛深处，一朵白色的花在它跳下去的地方瑟瑟抖动。

这朵白色的花，就是曼陀罗。

曼陀罗是喜欢长在道边的花。每年春天，村里人总要将田地边上的杂花野草清理干净，播下种子。但是一入夏，小雨过后，杂花野草一夜之间又冒出来，特别是曼陀罗，绿巍巍的，成片成片，长得不依不饶，昨天去了今天又要来，今年去了明年还会来，仿佛跟谁有仇似的。那年我上初中，路旁的坟地边上，曼陀罗长得特别茂盛，每日跟纸花纸草混搅在一起，红红绿绿的，好像随时都会有小鬼出现。晚上回家，怕得要命，又没法子，只得大声唱歌小跑着过去。日日如此，坚持了三年，生生把自己练成个傻大胆。那时也不知道它就是书里提到的曼陀罗，只是从人们口中知道它叫闹羊草，羊只要误食它，就会发疯，乱蹦乱跳，且极不听话，放羊的二秃子对着那只吃了闹羊草的羊开口大骂，还用鞭子抽打，但所有这些对它，似乎毫无用处。好几个大人才将一只羊按倒，单独关在用石头砌成的小羊圈里。后来二秃子就特别留意这些闹羊草，只要看见了，就把羊群赶得远远的。

《水浒传》里，有多处英雄被下药之后擒拿的情节，杨志就是喝下掺了蒙汗药的酒，失掉生辰纲的。救李逵也有蒙汗药的功劳。“母夜叉孟州道卖人肉　武都头十字坡遇张青”一回中，武松离了东平府，去往孟州，在十字坡遇见孙二娘开的酒店，吃肉喝酒，武松看出猫腻，眼见两位公人在孙二娘“倒也，倒也”的喊声中倒下去，原来他们的酒菜中被下了药，这药就是孙二娘口中的“洗脚水”——蒙汗药。孙二娘后来还用蒙汗药放倒过花和尚鲁智深。吃了蒙汗药的人，“瞪了双眼，口角流涎，你揪我扯，望后便倒”。有人研究，说这蒙汗药，就是由曼陀罗等物制成的。曼陀罗中的生物碱有致幻效果，还会影响中枢神经系统。《三国演义》里华佗给关羽刮骨疗毒用的“麻沸散”里面也有曼陀罗。

前段去医院，被麻醉过一回，也未知如今的麻醉剂里有没有曼陀罗的影子了。但被麻醉并没有想象中那么可怕，我甚至做了一场香甜大梦，蓝天，白云，微风，草地，舒适得让人留恋。

住处东门的路边，一丛丛曼陀罗背后，是一片坟地。刚搬来那几年，一到清明，就有前来迁坟的人们，鞭炮齐鸣，锣鼓喧天，不亚于活人搬迁，极为热闹。几年过去了，坟该迁的都迁了，只剩下一座孤坟。有人说，这家没有后代，也有人说，是后代想多要点搬迁费，到底怎样，不得而知。我总觉得，只要坟包还在，曼陀罗就会永生下去，它像是最笃定的守候者，肩负着传递人间和阴间隐秘而绵长讯息的职责。每年春天，最先洇绿的，总是那个坟头。不久，曼陀罗矮矮的、疏疏的，缩着身子、佝着头就出现了，因为临近马路，加上干燥、风多，它蓬头垢面的，神情猥琐。一到夏秋，它便长得茂盛葳蕤，似在尽力享受活着的过程，又仿佛有某种活得扬眉吐气的底气。雨里，花叶碧绿，点点滴滴缀在上面，欲走还留，阴柔又鬼魅。

深夜回家，路边草丛中蛩声四起，乱如刀戟相见，纷繁中，脚下蓦地穿过一物，唬得我顿住脚步。但见一猫，身形伶俐，已循着灯光远去。转回头来，路灯下一朵白花，缀在黑压压的枝叶上，苍凉而伶仃。恍惚中，我家的猫叼着它的孩子，刚刚纵身一跳，它凄厉而悲怆的身影，掠过那朵摇曳的白花，带着一股妖娆之气，穿云破雾，端端地定在了眼下。惊心动魄。

鸡冠花：慰我秋园寂

题 记

鸡冠花多红色，红不是那种鲜亮的红，而是带点暗的红色，仿佛鲜血渗出来，加上花瓣间有细细的短短的绒毛，总让人生出它是有温度的错觉。

现如今，连西太行的村民都很少养鸡了。大多数小孩对鸡的印象，停留在动画片角色或者快餐店食材，连鸡怎么鸣叫都不大清楚，更不要说认真而专注地喂养一只鸡了，可能也分不清公鸡母鸡。乡下有种花，叫鸡冠花，只要你认识它，就能分辨出公鸡和母鸡。顶着火红鸡冠的公鸡，我们叫银红公鸡，按旧时说法，它们承担着替主人家驱魔赶邪的职责，早晨，鸡叫完三遍后，人不敢下炕，出门，顶着蒙蒙晨光，扫院、担水、烧火。旧时，如果老人过世，家人会给他建造阴宅，造好后，女儿会带着一只银红公鸡下到阴宅里，用笤帚清扫。出殡那天，这只公鸡会随着棺材，一直被抬到坟地，直到死者下葬，公鸡被带回家，才解开绑在它脚上的红绳。

早年间，村里人兴建新屋，新宅新崭崭摆在村边上，一溜儿五间，或七间。搬家前几日，家里老者会被送到新屋居住，意为老来贵气，可驱镇妖魔鬼怪；倘若家里没有老人，就会捉一只银红公鸡放在新屋的炕上，第二天，它将粪便拉在了席子上，人们也并不嗔怪，反倒心花怒放，好像所有的好运，皆会随着这些灰灰白白的粪便，接踵而至。

当年农村生活困难，人们有时以鸡蛋兑换油盐酱醋。有手脚不干净的人喜欢偷别人家鸡窝里的蛋，被主人家发觉，引起一场多人参与的吵闹甚至斗殴的都有。鸡蛋和生出它们的母鸡是很受欢迎的，但每家都会养两只公鸡，一来想着公鸡可当鸡娃的首领，带领一群鸡们听从主人的“旨意”；二来家有一只毛发鲜亮、器宇轩昂的公鸡，真是助气壮胆的事。只是公鸡们动不动就打架，攻击的主要部位就是鸡冠。在村里，随时就能碰见鸡冠染血的公鸡，它身后，是一串红红的血迹。好公鸡，是永远打不败的。

到了秋天，田里的庄稼收回来，扇罢谷，剥罢豆，打完玉米，家家户户的房顶上，都黄澄澄的，仿佛戴了顶明亮张扬的帽子。那时，院里的鸡冠花便开了，火焰似的，微暗，阳光下泛着光彩，仿佛它们是来送喜的，连皱褶里都是层叠的笑意。

鸡冠花多红色，红不是那种鲜亮的红，而是带点暗的红色，仿佛鲜血渗出来，加上花瓣间有细细的短短的绒毛，总让人生出它是有温度的错觉。元人姚文奂有诗云："何处一声天下白，霜华晚拂绛云冠。五陵斗罢归来后，独立秋亭血未干。"感觉就是在写一只鸡，一只有血性有骨气的银红公鸡。

有一次去庙梁姑姑家，跟表弟一起出去玩儿。那个村呈长条状，村里人家矮墙矮院，一户人家墙头上摆着许多花，我们便进去看，那是我第一次见到淡黄色的鸡冠花，仿佛是用平绒布束成的一般，虚假而不真实，要不是它的叶子是我所熟悉的颜色和形状，估计我至今会怀疑那次所见的真实性。

秋深，万物萧瑟，天地渐旷，鸡冠花多了，茂茂盛盛，簇簇拥拥，仿佛点燃一团火，让天地重回暖季，所以村里人也叫它老来红。《红楼梦》第六十三回，群芳夜宴，占花名儿，后人仿了一则鸡冠花，“俯首秋风，至今戴却满头霜”，祝愿抽到这个签的人，尽享田园天伦之趣，平安终老。多么美好的解析啊。

鸡冠花远不只我们常见的那种泛紫的红，也不只我见过的淡黄，还有白色、金黄、火红、橙红等色，但我们见得最多的，还是红鸡冠花，那红色，带着吉祥。齐白石老人是画过极多鸡冠花的画家，“老眼朦胧看作鸡，通身毛羽叶高低。客窗一夜如年久，听到天明汝不啼。”诗中有一股淡淡的伤感，有人猜测，他成名于晚年，而鸡冠花也叫老来红，由此及彼，思物及人，所以这花才入了大师的画。

这样一株气节刚强，不惧寒凉的植物，在深受历代文人墨客喜爱的同时，也因它太过俗常的花名而令人困扰。明末清初李渔就曾提议给鸡冠花改名：“请易其字，曰‘一朵云’。此花有红、紫、黄、白四色，红者为‘红云’，紫者为‘紫云’，黄者为‘黄云’，白者为‘白云’。又有一种五色者，即名为‘五色云’。”他对这些新名称非常满意，接着说：“以上数者，较之‘鸡冠’，谁荣谁辱？花如有知，必将德我。”

当然，这都是文人逸事，真真假假，随性而生，随性而灭。鸡冠花，还是属于民间的花，属于村庄和院落的花，所以，人们依旧像叫自家孩子的小名一样，亲切地喊它鸡冠花。

菊花：此花开尽更无花

题记

菊花也顺理成章成为被人们赋予特别意义的植物，与梅、兰、竹一起被称为四君子。

天清地宁，秋意款款。此时此际，若你的院子里碰巧有一池菊，在某一夜冒出花蕾，隔日便不管不顾开了，你会突然觉得原本平淡无奇的院落，发生了微妙的变化——地砖上的苔藓，角落里的杂草，连同一些残破的砖块，鸟落在叶子上的白色粪便，都被忽略，你面前的院子仿佛被某种特别的气韵笼罩，既带着明亮光芒，又有一股清雅之气。连深陷红尘羁绊的你，都因这气韵的浸染，脱离了低级趣味，变得矜持风致。

如果是一池金黄色的大菊花，最好不过，嘤嘤嗡嗡的蜜蜂萦来绕去，不知从哪里钻出来的蝴蝶，白色的、黑色的、花色的，也争先恐后在花间穿梭，全然忘却身处人家院落的险境。红色的翠菊也行，那种红色是明亮的，仿佛星辰，在晨间和傍晚，照亮整个院子，好像连屋子里都不用点灯了。

我小时候，家里有一池臭菊花，颜色漂亮养眼，但那味道，随着清风来回飘忽，一会儿入了你的鼻息，一会儿它们就在喉间了，倒也不是臭得无法容忍，只是它无处不在的浓郁味道，让你略感不适。臭菊花全盛时，花朵饱满，像一个个圆嘟嘟的女孩，祖母会将它们采摘下来，摊在笸箩里晒干，来年春天泡水喝。

秋天的日头，晒得人想哭，似乎唯有泪水能驱散那种口干舌燥：小孩口里生着三三两两的溃疡，有的大人出来进去捂着腮帮子，牙疼。将菊花捣烂，跟冰糖和在一起，擦在溃疡上，小孩眼里，疼出了泪水；擦在疼牙上，大人哼哼唧唧出门了。许多年后，才知道，村里遍地被人嫌弃难闻的臭菊花，是万寿菊。有一次在高速路上，看到下面黄洼洼一片连着一片，点缀得远山大河耀眼醒目起来，人也飘飘然不知今夕何夕。

菊花品种多达几千种，因花期不同，有夏菊、秋菊、寒菊之别。日常我们说的菊花，多指秋菊，而秋菊种类也多得数不清。

“朝饮木兰之坠露兮，夕餐秋菊之落英”，古人认为，秋菊跟木兰一样，是品德高洁的植物，食用它还可长寿。汉代应邵编有《风俗通义》，里面写道，在南阳郦县，有个叫甘谷的地方，山上长满茂盛的菊花，长年累月，从山上流下的水中也渐渐融入菊花的汁液，人们长期饮用溪水，所以都活很大年纪，其中最长者，竟达一百三十岁。晋代时，据《西京杂记》，人们制菊花酒，菊花开时，并采茎叶，与黍米一起酿酒，密封，存放，来年重阳，打开来饮。九月，也称菊月，也就是菊花盛开的月份，九月九，赏菊正当时，加之人们认为菊花兼有滋补、养气、疗疾、延寿多种功能，所以重阳日登高、赏菊、插茱萸的习俗渐渐形成。回头再读“待到重阳日，还来就菊花”这样的诗句，豁然开朗。

说到菊花，有一个人是绕不过去的，他就是陶渊明。陶公解印辞官，开启归隐生活，“采菊东篱下，悠然见南山”，他在南山种下许多菊花，并酿菊花酒，他觉得“酒能祛百虑，菊解制颓龄”。在他隐居生活中，菊花不只能酿酒，还成为诗歌当中频繁出现的意象。“秋菊有佳色，浥露掇其英。泛此无忧物，远我遗世情。”传说有一年，陶渊明九月九日这天没酒可喝，无诗可作，一个人，枯坐在菊花丛中，以此消磨时光。后来朋友就送酒来了，他迫不及待打开酒，倾坛而饮，成就了“白衣送酒”的典故。唐代以后，文人们对陶渊明当日的隐士之风极其追慕，菊花也顺理成章成为被人们赋予特别意义的植物，与梅、兰、竹一起被称为四君子，其中的菊，寓意凌霜飘逸，世外隐士，所以陶渊明赢得后人“古今隐逸诗人之宗”的尊称。

有意思的是，乡下人并不在意菊花在历史上有多少辉煌耀眼的传奇，十分喜欢将“菊”这个字嵌在女孩的名字里，比如慧菊、小菊、兰菊、芳菊，有时干脆就是菊花、夏菊、秋菊。或许这个字，这种花，寄予了家人长辈对她的无限希冀和美好祝福。

前几年住旧小区，出来进去，渐渐认识了院子里的人。有一个名唤“秋蛐”的女子，开出租车的老公不幸遇难，抛下她跟三个孩子，还有公公婆婆，一大家子的吃喝用度都压在了她身上。那年她不过三十岁，人们觉得她年轻，生活压力大不说，更受不了孤单的苦，要想生活得好，肯定得改嫁。没想到，这个平时看起来软绵绵的女子，短时间内，将出租车转让，开了一家烟酒铺子，以微薄的收入，依旧孝顺公婆，养育儿女，不慌不忙，维持着家庭和睦，让闲说的人们大跌眼镜。有次我去她铺子里买东西，墙上营业执照写着她的大名：李秋菊。盂县话里，蛐、菊同音，原来不是秋天的蛐蛐儿，竟然是秋菊啊。

除去臭菊花，像黄菊花、红色翠菊、白菊花，山上的风毛菊、矢车菊等各种形状的野菊花，它们的味道并不强烈，倘若不仔细闻嗅，竟然是无味的。落花无言，人淡如菊，这里的淡，当然不只是说菊花的气味。黛玉将宝玉从北静王处得到的礼物扔掉，在她眼里，全世界的名利都是与她无关的，她只在意面前的这个人，“孤标傲世皆谁隐，一样花开为底迟？”平和执着，不逢迎，不附和，遗世独立，这才是菊花真正的淡啊。

还是最喜欢元稹写的菊花诗：

秋丛绕舍似陶家，遍绕篱边日渐斜。

不是花中偏爱菊，此花开尽更无花。

木芙蓉：一笑向西风

题记

当秋天的节气一个个抵临，木芙蓉的花苞便顶着露水，粉粉白白探头了。

前年深秋，偶然拐进学校对面的小公园。公园依坡新建，缓坡上全是沙地柏，密匝匝怕冷似的横竖叠在一处。沿环形台阶上去，香椿树端着长长的枝条横在胸前，稀稀拉拉的叶子绿的绿、黄的黄，都是虫子啃噬过的痕迹。不大的平台上有个水泥亭子，再往前，布满潮湿落叶的小路两边有了花草，草是狗尾巴草、芒草和看麦娘，花却是不认识的品种，花形高阔，花茎颀长，锯齿叶子近于圆形，一个个圆圆的带尖的花苞，层叠的花瓣被紧紧包在花萼中，有红的、粉的、白的、黄的，像鼓泡的金鱼眼。再往前，阳光大好，眼前一片金光，定睛时，盛开的花样子映入眼帘。跟它的花苞大不同，花朵竟是单瓣的，花形圆整，像一盏盏大小不等的斟满阳光的琼觞。拍了照回来发在网上，浅蓝说，这是木芙蓉。

原来，《红楼梦》冷香丸配方中的秋之白芙蓉，是世间真有，而非水中莲花啊。

《红楼梦》里，芙蓉的出场次数还真不少，比如群芳夜宴一回，众人掣花名签子，轮到黛玉，“伸手取了一根，只见上面画着一枝芙蓉，题着‘风露清愁’四字，那面一句旧诗，道是：莫怨东风当自嗟。”众人都笑，说除了黛玉，别人也不配作芙蓉。后文还有，晴雯离世，宝玉神思恍惚，小丫头便哄骗他，说晴雯是当花神去了。宝玉又问，是当总花神还是单管一样花的神？小丫头一时胡诌不出，恰巧看到园中芙蓉花正开，便说，是专管这芙蓉花的神。宝玉听完，作了《芙蓉女儿诔》，将诔文挂在花枝上，读毕，恍惚见晴雯从山石之后的芙蓉花影中走出。书中这两处的芙蓉，就是木芙蓉。有的红学家认为《红楼梦》中的芙蓉泛指水芙蓉和木芙蓉，影射黛玉和晴雯，黛玉是水生，晴雯为陆生，所谓“晴为黛影”。

木芙蓉多生在南方，是城市街道庭院的美化树种，之前从未在西太行小城里遇见过，但它们是否在隐秘的沟壑丛林之中暗自生长？不得而知。这里的木芙蓉一般在农历八九月开花，这时候，气温降低，山河渐冷，庄稼成熟，树叶变色，花朵凋谢。当秋天的节气一个个抵临，木芙蓉的花苞便顶着露水，粉粉白白探头了。不日，绽开的木芙蓉花似挂在墨绿叶子间的铃铛，冒着寒气，叮叮当当地笑出声来，真是件令人感动的事。据说有一种木芙蓉，早上颜色是白色或粉红色的，到了午后，就会变成大红色，像饮了烧酒，人们叫它醉芙蓉。像别的花一样，随着生长地的不同，木芙蓉也被人们喊着不同的名字，有叫木莲的，也有叫地芙蓉的，还有叫片掌花、四面花、转观花、富常花、霜降花的，但最好的名字，我觉得是拒霜花，它气质里的清奇、高傲、勇敢、不屈都藏在“拒”这个字里，倒教人联想起叶嘉莹先生的那句：而今花落萤飞尽，忍向西风独自青。

历史上以栽植芙蓉而获盛名的城市，就有成都，据《成都古今记》，早在五代时期，蜀后主孟昶于都城栽植芙蓉，“每至秋，四十里如锦绣”，自此以后，成都就成了木芙蓉的王国。后来，木芙蓉因其宜观赏、花期长的优势，逐渐被移植各地。唐末诗人谭用之游湘江，秋雨蒙蒙中，见两岸木芙蓉铺天盖地，花色清丽，缤纷袭人，仿佛云霞漫舞，不禁诗兴大发，写下“秋风万里芙蓉国，暮雨千家薜荔村”的名句。

司马光也对木芙蓉青眼有加，他在洛阳郊外的小院里，种满了专门从巴蜀之地移来的木芙蓉。深秋时节，秋风瑟瑟，木芙蓉开满枝头，仿佛迎风舞蹈的精灵。他备好酒，请好友韩维前来赏花。两个鬓已斑斑的男人，因抵触朝廷变法新政而离开汴梁。此刻与花对坐，在赞赏它不畏寒风和秋霜的风骨时，不免对自己的境况徒生感叹。韩维以木芙蓉为题，一口气写出五首绝句，司马光也不甘示弱，写下“平昔低头避桃李，英华今发岁云秋。盛时已过浑如我，醉舞狂歌插满头”的句子，用诗歌抒发自己的苦闷和做人的决心。

苏东坡写有“千林扫作一番黄，只有芙蓉独自芳”，毫不掩藏对木芙蓉的敬重之心。而黄机的“黄花似钿，芙蓉如面，秋事凄然向晚”更让人对木芙蓉生出一股怜惜之情。王安石的“正似美人初醉著，强抬青镜欲妆慵”，让木芙蓉有了“酒醉芙蓉”的别称。我更喜欢辛弃疾的那句：“君恩重，教且种芙蓉。”那种惆怅和深情，以及对自我理想实现的迫切愿望，跃然纸上。

汪曾祺先生的《木芙蓉》一文中，说浙江永嘉种植了很多的木芙蓉，江边的村落、村外，路边的茶亭檐下，到处可以看见。“永嘉为什么种那么多木芙蓉呢？问人，说是为了打草鞋。芙蓉的树皮很柔韧结实，剥下来撕成细条，打成草鞋，穿起来很舒服，且耐走长路，不易磨通。”这段描述有意思了。

旧时，人们床上设有芙蓉帐，是用芙蓉花染缯制成的帐子。想想古人真是幸福，半夜醒来，透过淡红的幔帐，看屋子里烛光摇曳，如梦似幻，那种因爱惜当下而滋生出的暖意，怕是现代人无法体会到的了。

古人还喜欢将芙蓉色晕染在瓷器、玉石上。这抹暖暖的色调，因为薛涛，多了一缕浪漫的气息。薛涛大胆改造传统造纸工艺，用浣花溪的水、木芙蓉的皮、芙蓉花的汁制纸，裁成精巧的小笺，提笔写就寸相思。这些美丽的信笺，仿佛木芙蓉的花盏，盛放着薛涛全部的炽烈和真心："去春零落暮春时，泪湿红笺怨别离。常恐便同巫峡散，因何重有武陵期？传情每向馨香得，不语还应彼此知。只见栏边安枕席，夜深闲共说相思。"从此，"薛涛笺"流传江湖，成为倾诉衷肠的绝佳道具，"玉簪垂朝镜，春风知不知？"

世间情谊，从来经不得推敲，爱情也罢，友情也罢，哪个不是西风中盛开的芙蓉花——于寒意中簇生希望，又在希望中走向幻灭。

仙客来：一枝花，人间欢

题记

仙客来也叫兔子花。不过这兔子，也非人间的兔子，而是天上的。

天寒地冻，西风骤紧，小雪频繁，冬季来临。此时，母亲阳台上开得最好的花是仙客来，艳红绚丽，璨然如火，却又优雅出尘，在雪光中，隐约可见某种透明的光泽。而它周围那些曾被母亲特别器重过的花卉，都已陷入漫长的休眠期，无一例外耷拉着叶子，好像一群意气风发、壮志凌云的人，突然疲惫不堪，偃旗息鼓，身体顺着墙软塌塌溜下来。

在西太行的乡下，人们把仙客来喊作一品冠。人多见异思迁、朝三暮四，情境不同，喜好和厌恶也会不同，乡下人之所以要把这么一个高级而极具赞赏意味的名字冠以仙客来，怕也是跟他们的一时兴起有关，既有喜爱、敬佩，又有奚落，还有微微的嫉妒和鄙夷的意思。

仙客来是娇嫩的花，它永远缩在温暖的室内。但好像这样说也不准确，应该是除去冬季，人们总是会忽略仙客来的存在，无形中对它也特别粗暴。当众多的花朵在夏秋开得争相斗艳，与日同辉之时，仙客来是缩在屋角中那盆最孤单的植物，偶尔，被出来进去的人踢一脚，有时放置物件还会损坏它的枝条，主妇们好几天才会想起浇一瓢水给它，更多的时候，空落落的屋子里，只有藏着的飞蛾和蚊子在角落里伺机出动，有时会有老鼠藏在它的盆边。人们在屋外喧哗、吃饭、洗漱，等到很晚很晚的时候，才带着燥热回到屋子里来。没有人察觉或者想象过，一盆被遗弃在屋子里的植物的孤单。

等到秋风肆虐，流水呜咽，北雁南归，院里的那些小盆大瓮里的花朵，面对着自己日日大批凋零的花瓣大惊失色，但又有什么办法呢？那些日日说着心爱它们的人们，此刻正在享受丰收后的饕餮大餐，煮土豆，煮豆角，用新掰的玉米磨面，做大锅的糊糊，吃得汗流浃背，满面红光，早忘了当时说过的每一句话。

好在不久，它们就被移回了屋子里，人们也没嫌弃它们的狼狈，大不了，又用剪子狂修一番，说是为了使它们来年更茁壮，开更繁密的花。栽在瓮子里的花无法移动，人们就用草绳将它们的根茎缠了一圈，再用瓦片盖上。那些小瓮子看起来就像一个个小房子。

这时候，仙客来就被人们端到了窗台或者炕桌上，人们重新将目光朝向它，水也浇得勤了，也开始打理它的花叶了，更重要的是，在人们频繁的照料中，它开始享受暖适的日光。突然被重视，当然就有上进和努力的理由了。这一点上，花跟人也一样。

那年冬天从乡下搬到城里，母亲连被褥都没带，只带了一盆仙客来。母亲说，无人的住屋没火气，仙客来会死的。仙客来一到了有暖气的屋子，开得那个凶猛啊，花瓣凸起，层层叠叠，密密匝匝，好像一个人，成天都在哈哈大笑，笑得让人着急。母亲每日修剪花枝，不舍得扔掉，又插到新花盆里。第二年冬天，家里有了大大小小四盆仙客来。每次冒着严寒回家，一推门就能看到仙客来俏丽的花朵，一朵朵，似乎好几只兔子藏在带有花斑的绿叶中。母亲总说，电视里说仙客来能吸收二氧化碳呢，你们要不要，要的话端一盆回去，闻闻香味。想来我们每日为生计奔忙，家只是一个休憩的场所，如何能养好它呢！便嗅着仙客来淡淡的花香，笑嘻嘻说，这么喜气的花，只有妈妈才配养呢。

是啊，仙客来，仙人来，久别的人来，想念的人来，这寓意多好啊。

仙客来也叫兔子花。不过这兔子，也非人间的兔子，而是天上的。天上自古到今只有一只大名鼎鼎的兔子，就是陪伴嫦娥的那只。差不多每年中秋望月，小孩子都在重复一句话：怎么看不见月宫里的兔子啊。想想，似乎还真没有人看见过广寒宫里那只兔子的真实模样。“嫦娥应悔偷灵药，碧海青天夜夜心”，有人说玉兔是嫦娥的化身，当年因触犯了玉帝的旨意，所以被罚在月宫里捣药；而《封神演义》里，玉兔是伯邑考所化，是嫦娥奉女娲娘娘之命带到月宫的。仙客来，由于花形酷似兔子的耳朵，所以也被赋予了一个有意思的传说。传说仙客来的种子，是月宫里的玉兔专门送给一个园丁的，这位园丁对花草特别精心、特别爱惜，玉兔就用这颗小小的种子来感谢他。当这颗种子发芽开花时，园丁发觉它的形状就像一个小兔子的头，翘首仰望天空，似乎在等待玉兔的前来，于是，就将它命名为兔子花。想来，这个结尾也是根据仙客来的名字编排的吧，“兔耳樱唇望月开，清风拂院扫尘埃。韶音渐起莲花落，一领霞衣仙客来”。怀着深情厚谊，奉上美酒佳肴，等待仙客降临。

有意思的是，还真应了“仙客来”的暗示，母亲几十年不见的表哥，兜兜转转打听到了她的住址，从太原坐车回来。两个白发苍苍的人相见，脸上的每个褶皱里都是笑意，却泪眼相望，无语凝噎。很久后，两个人才平静下来。坐在沙发上，渐渐叙起往事。都是六十年前的事了，那时，母亲不过五六岁，表哥也不过大她五六岁，正是英俊少年，两个人同住外婆家，牵手出门，小表哥摘了一枝柳叶桃，插在粉妆玉琢的小表妹的鬓边。到了街上，掏出从家里偷出来的铜茶托，换了两个烧饼，两个人蹲在没人处，悄悄吃。

仙客来开得正热闹，喜气洋洋，衬着他们，让他们回到过去的时光里快活地走了一遭。

这世间，总存在心有灵犀的幸运。临告别时，表舅说，我看你这仙客来开得好呢，给我一盆吧。母亲的泪便又落下来了。她心心念念想将仙客来送亲人一盆，却原来，是要送给久别重逢的表哥啊。

天人菊：神仙栽到人间的花

题记

天人菊算是有分量和重量的花，也是拥有内涵和韵味的花。

城外三里，小村有关帝庙。前年路过时，见庙高树好，免不了生出马上靠近的轻狂。门槛上坐了一个穿僧袍的人，手擎着双腮，脸向着远空发呆。下午的阳光将他蹲坐的身子一分为二，半阴半晴。我们到了他跟前，他才从阴晴不定的思绪中回转过来。一说话，果不其然是外地人，从来都是，外来的和尚好念经。他的身子往边上让了让，贴住了新漆的朱红色门扇。一进门，我就被一树合欢吸引住了，人也走不动，就那样抬着头，一眼一眼地瞅着那些碎花，衬着高处的庙宇屋脊，贴着蓝天，一动不动。看久了，觉得是在观赏一幅画，直到一只鸟飞进画布。低头，眼前竟是一片花，估计住庙的那位不勤快，也或许是他故意让这些花疯长，反正左右找不着上到庙院里的路，便又弯腰去看花，花有波斯菊、小月季，还有一丛鸡冠花，更多的是天人菊，金黄花朵，浓绿叶片，密不透风。

县城绿化力度加大后，天人菊成了寻常见到的花。一般公共场合的花坛里，都是密匝匝的天人菊，金黄的花瓣，暗红的花芯，端然直立，蜜蜂和蝴蝶环绕其间，看起来就像一个小生态圈，惬意而热闹。去年夏天，每日上班路过广场，总会遇见一位老人坐在花坛边上。他身后，那些天人菊在朦胧的晨光中开得沉默而努力。有一次下了一夜雨，早上他还坐在那里，我心里猜测他是被家中好心人赶出来锻炼身体的，也或许不是，他就是想在有生之年，好好端详端详这个世界美丽的模样。一直到深秋，天人菊开得有气无力，开始枯萎，他还坐在那里。

一朵天人菊之中，隐匿着无数的花，外面金黄的一层是舌状花，内部暗色一簇簇的是管状花，这样看来，天人菊算是有分量和重量的花，也是拥有内涵和韵味的花。倒跟别的花大不同了。

初夏去新疆，见着阔天阔地，天人菊是最常出现在视野的花。吃过晚饭，结伴去清代粮仓，没想到大门紧闭，看表时，发觉已经晚上十点多了，但新疆的黄昏刚刚降临。身后是一个街心公园，无数人在跳舞，抖动着脖子，摇摆着双臂，还有更多的人，正从远处赶来。当我们终于停下后退的脚步时，我被一个跳舞的男人吸引住了。那个男人穿着浅蓝的衬衣，黑色长裤，脚下的皮鞋闪着光。这是一个长相普通而极具新疆地域特点的男人，高颧骨上布满高原红，粗黑的眉下，一双长有漆黑睫毛的长眼睛，嘴角向上扬起，露出不甚洁白的牙齿，门牙中间有很大的缝隙，他专注地跟对面一个女子跳舞，眼睛盯着舞伴，脸上始终带着喜悦的笑意。仿佛天地之间，万物隐去，只有音乐和舞蹈，而他和舞伴，成为仅有的存在。

脚下被什么绊了一下，低头，一朵天人菊竟然在膝下抬脸展颜。新疆的天人菊，花朵明显比西太行的要大，枝干也壮，花瓣是否也多呢？不得而知。但肯定的是，这里的天人菊颜色更鲜艳，也更动人。一户人家，我看到了女主人的绣品，大朵大朵的天人菊，金黄的，仿佛阳光不落，时间静止，让人心潮起伏。在五家渠，我见到了更多的天人菊，在看不见的风中摇摆，除去蝴蝶和蜜蜂，这里还有大批的蚊子贪婪着健硕的天人菊。站在远处望，一池又一池的天人菊，跟彤红的夕阳竟重叠了，你根本无法分辨天和地之间的那条线。

回来了，再去关帝庙。庙门大开，之前住人的房子紧锁，锁上落了一层锈，院子里凌乱地堆着一些旧物件。后院里的天人菊，还像去年那般开得茂盛。穿过花丛，沿着合欢树掩映的石阶向上，进入一个石门，是一座残破的正殿，殿门紧锁，偏殿窗户上的油漆已经剥落。水道是石凿的，里面棱棱角角，全是岁月椎凿过的痕迹。转到后面，竟然有香火，一个铁盆香炉里，满满的香灰。有石碑，上刻康熙年，某某；某某，捐资造庙。年代久远了。

有犬吠声，转来转去找，原来是下院角落里，拴了一只小白狗。见着我，又蹦又跳，又蹭又舔的。在包里找食物，不得，只好拿瓶盖喂它矿泉水。既然拴了狗，且边上还有饭盆，大约庙里是有人的。小狗水汪汪的眼睛看着我，仿佛有哀求可怜的意思，那一刻，心一软，要不是身边人极力阻拦，我恐怕会带它回家。

我就那样怀着依依不舍的心情站起来，才发觉脚边有一大丛天人菊，那花，因为在角落，开得有些寂寞而委顿，像哭过的人，缓了缓，又扬起脸，强撑着笑。想起《吉祥经》里的那句：“时已夜深，有一天神，殊胜光明，遍照园中，来至佛所，恭敬礼拜，站立一旁，以偈白佛言：众天神与人渴望得利益，思虑求幸福，请示最吉祥。”天人菊，天人菊，可不就是天上的人，栽到人间的花吗？

紫菀花：天地一紫菀

题记

真正的紫菀花，其实是一种特殊又强大的植物，不依附，不卖弄，不求，不怨……

霜降过后，山上的草木一日日零落，脚边那些纠缠你的小野花不见了，石竹、杭子梢、铁线莲、马兰头、翅果菊、风毛菊，包括委陵菜和石沙参，都消失得无影无踪，似乎一场风，一个节气，就让它们抬起身子，站起来，跑了。

山崖下的草还绿着，道路湿湿的，瞥眼间，便见着了紫菀花。感觉这名字好惊艳，像早年言情故事里的一个村姑，两条大辫子上系着红头绳，身上一件蓝紫衫子。是那种在大户人家打工的帮佣，虽穷，却有寒门人家的骨气。这骨气，就是等所有的莺莺燕燕都热闹过了，好看过了，风头过了，渐渐零的零落的落，风来雨过，她娴静的样子才呈现出来。你说紫菀风姿绰约，当然不是，说它姿态超群，也不是。它只是好看，养眼，让你觉得世界里不至于那么荒芜，人生不至于那么绝望，因为它，你有了熬下去的勇气和对美好的向往。

紫菀是菊科植物，深秋初冬，寒风吹彻，小小的紫菀花孤独地在崖下道边清冷冷盛开着。它的头状花序是复伞房状，有三层苞片，舌片蓝紫色，像一朵小小的向日葵，中心丰满，稍稍凸起，这样一来，整朵紫菀花看起来长相饱满，在一派枯色的山野中，极为醒目，让人无法掩饰跑到它面前的冲动。

在刚刚收割完庄稼的田地里，也有紫菀花清冷冷的身影，当然，附近肯定有一堵“墙”替它抵挡这寒风，那就是一个个高高矮矮、新新旧旧的坟包。有一款宝可梦游戏里，一个叫紫苑（紫菀别名）的小镇，是一座鬼镇，镇上有一座塔，集中安葬故去的妖怪。当时以为这全是编排，现在坟边看到真实的花朵，才明白游戏设计原来都是有依据的。《火影忍者》中，那个叫紫苑的女孩，体内隐藏着强大巫气，是忍者世界里唯一能够封印魍魉的人。这些，无一不在传递着紫菀花是一种靠近鬼怪妖魔的植物的讯息。寒衣节，坟边遇见成片的紫菀花，觉得在寒冷即将侵袭整个人世之时，有紫菀花陪伴先人们的灵魂，总是令人感到些许安慰的。

小时候挖药材，会将它的花摘下来，插在鬓边或者辫梢，有时就用草缠成一束，放在篮子里。然后拿小锄一点一点地剜它的根，它的根茎是横走的，不能揪拽，只能一点一点顺着根往前挖，直到它长长的根须完全露出，回去晾干，将根须上的泥土抖干净，收药材的人便来了。不日，天寒地冻，村里小孩无一例外，都会生病，脸蛋通红，咳得惊天动地。医生被请到村里，给小孩开药，喝两碗黑乎乎的汤药，不多时小孩就活蹦乱跳的了，不咳不喘了，有了精神，便缠着大人问，这药里是不是有我们采下的紫菀啊！

《神农本草经》谓“主咳逆上气，胸中寒热结气”。南朝陶弘景记载：“近道处处有，生布地，花亦紫，本有白毛，根甚柔细。”《本草纲目》中，紫菀列入草部。

有意思的是，紫菀花还有一个名字，叫返魂草。

《斗门方》里就有：“缠喉风痹不通欲死者，用返魂草根一茎，洗净纳入喉中，待取恶涎出即瘥，神效。”原来紫菀返魂之用，功在于此。

《今昔物语》里有一则故事，一个孝子在亡父坟上种了很多紫菀花，父亲还魂，说明了冤死的真相，孝子最终得以为父申冤。日本人特别喜欢紫菀花，不只在织物上有紫菀花的图案，还喜欢将紫菀花用于插花。平安时代，宫中女官秋服的颜色，就有紫菀花的颜色。我想象中，清少纳言应该是喜欢紫菀花的，她穿这样颜色的衣服，在灯下写，“春，曙为最……夏则夜……秋则黄昏……冬则晨朝”，看够了花草星月，又看《古今和歌集》，“世上什么是有常呢，飞鸟川的昨日的深渊，今日成为浅滩”。

传说故事只是人们美好的想愿，真正的紫菀花，其实是一种特殊又强大的植物，不依附，不卖弄，不求，不怨，做天地间最美好的自己，紫菀花，真是令人敬佩又羡慕的花。

蟹爪莲：锦上花

题记

花形圆融，花茎克制，茎叶花间，利利落落，没半点尘灰。

西太行的冬天，还有一样花也开得热闹，喜气洋洋，那就是蟹爪莲。据说因它的茎跟蟹腿相似而得名。温河里也没有螃蟹，我们无从比较，只能带着疑惑鹦鹉学舌。

蟹爪莲这种花，四季常绿，郁郁葱葱，但只有到了冬天，它才开花。民间的花，多红色，深红浅红，橘红粉红，各种红，让人看得眼花缭乱。蟹爪莲是正红色，这种规规矩矩的色调，看得多了，就倦怠厌烦了。有一年，我妈对那盆从茶几一直垂到地下的蟹爪莲说，我怎么越来越不喜欢这花了。隔天，她把那些长得恣意的茎剪下来，找了近十个瓶瓶罐罐插进去。那盆花的形状，好歹有了个好样子。

春节前，瓶瓶罐罐里的茎都生了根，她便把它们送给了小区的邻居们。见我怀疑它们能否成活，我妈说，放心，蟹爪莲是最好活最耐活的花。

既是好活耐活，那也就说明它是西太行家家必备的花，也是乡下出现频率极高的花。自不说我小时候在乡下，婶子大娘的窑洞里，桌子或窗台上，都会摆着一盆，就是村里的五保户二保爷，地不扫、被不叠、脸不洗，吃饭马马虎虎，用一只小土豆当馅包饺子，他黑乎乎的屋子里，烟雾缭绕，味道难闻，炕桌上竟也有一盆开得自在的蟹爪莲。那花，成为这窑洞里唯一的亮色，仿佛他黑脸上涌出的笑纹，好像人活着拥有的那点喜气和福气。他的花，是村里品相最差的，却是开得最自在的。那时村里人都要到温河或者泉子沟担水，因为辛苦，用起来总是缩手缩脚舍不得，只有二保老汉舍得用水。人们闲说，他不洗脸，不浣衣，把用在自己身上的水，都浇了花了。说笑归说笑，但我们见二保爷浇花，总是要将一葫芦壳的水全浇到花盆里，那水，通过花盆流到炕上，滴答滴答，滴到地下的土里。他从不给它们修剪，随便让它们长，长到炕上，再从炕上长到地下，估计哪怕从地下长出外面，把他埋了，他都喜滋滋地情愿。人们都笑话他养花养得奇怪，都说养花跟养孩子一样，该修就修，该剪就剪，只有受过修剪的花，才长得有样子。但二保爷没儿女，他把花养成这样，人们也都宽容他。

那时村里蟹爪莲长得最好的，是二闺女家，有两盆，花形圆融，花茎克制，茎叶花间，利利落落，没半点尘灰。每到温河解冻，二闺女她妈就把花端到院里洋灰桌上，拿把剪刀，掀开花茎，从里到外，细细地修剪，有些花即便开得好，也要剪去。剪过的花茎，就像人刚刚理过发，看起来干净清爽。她更不吝啬剪下来的残茎败花，用铁锹将它们铲到河沟里。春天的第一场雨，细细密密，那些花叶被雨水浸过，渐渐枯萎。几场雨后，河沟里有了薄薄的水，水面上，漂浮着无数枯叶、秸沫和灰尘，分不清是腐花还是残瓣。不久，她家院子里的紫荆树氤氲出香气，我们一群小孩蹲在树下等花开，她家的鸡也不怕人，叽叽咕咕地在我们身边闲逛，寻食地下的蚂蚁。

我姑姑早几年从乡下搬到县城，一同搬来的，还有她在乡下养的那些花，花盆里的花搬来了，花圃里的，将花根用塑料布包了，也带来了。城里的院子小，两户人家合住，她就在房顶上铺了一层土，将蜀葵、月月红、刺玫都栽进去，可惜，因为土质贫瘠，那些在乡下长了好几年的花们，到底经不得饥寒，全军覆没。来年，我姑姑在集贸市场买到了波斯菊的种子，到夏天，满屋顶的白红粉紫的花，沿着屋檐垂下来，羡煞旁人。她窗台上的蟹爪莲总是开得很早，开时还未到立冬节气。

自打我妈把家里那盆蟹爪莲送到乡下姨姨家后，我很少见到蟹爪莲了。有一年，单位安排扶贫，我去的那户人家，是老两口，两人住的房子是里外套间，外屋当厨房，水瓮、农具、瓶瓶罐罐乱扔一地。里屋窗下砌一盘炕，老太太穿黑红棉袄，戴天蓝头巾，正蹲在那里烧炕火。老汉汉把我让进去，坐在炕沿上，被熟悉而陌生的烟火味熏着，人便好似循着烟道回到了童年时光。还好，这种沉浸式回忆很快被理智制止了。问起他的孩子，他说儿子在太原打工，因为村里没有小学，儿媳带着两个孙子到八里外的村子，租了一个串院，专门给上学的孩子们做饭。两个老人血压、血糖都高，老太太眼睛也不好，还有肾病，“也到了让人伺候的年纪了，但儿子儿媳不在身边，连担水都困难嘞。唉。”

适应了屋里暗淡的光线，看到老太太身后有两个大红柜子。墙上玻璃框中，全是家人的照片。凑过去，才看见大红柜子上，放了一盆开着三五朵花的蟹爪莲，茎节饱满，花朵朝上翘着，试图要伸到有光的地方。

窗外，北风呼啸，天气阴沉。老太太正好站起来，见我盯着那盆花，说，开得喜人呢。黑脸上，绽开一丝笑，那笑里满是苍凉和凄然，当她浑浊的目光转到那些火红的花朵上时，我看见了一朵小火苗，亮了一下。

比起来，县城人养的花品比村里人要高级，实用性也更强，多喜欢养君子兰、吊兰，或者“多肉”等调节空气的植物，开不开花倒在其次。如今更是，专选名贵的南方花来养，植物经过培育，似乎也适应了北方的气候，开时开，落时落。我妈也养了文竹、百合、兰花、仙人掌，还有几小盆“多肉”。冬天冒着大雪去看我妈，每每产生错觉，总觉得一推门，就像在村里时那样，要被开得红彤彤的蟹爪莲迎接。当然，失望过几次后，也就习惯失望了。她在外面锻炼身体，遇见娘家村里的人，两人拉着手聊得不亦乐乎，恨不能把家里人的身份证拿出来给对方看。那位老婆婆说，她养了长寿花，明天送我妈一盆。

大年初二，我妈的长寿花就开了。孩子们喜欢那些粉红的小花，拿着手机拍了又拍。我妈盯着那些花，突然说，上街碰到蟹爪莲的话，给我买一盆吧。